U0594576

你守护灯塔，
我守护你。

有爱的青春陪伴者

# 亲爱的岛屿

QIN AI DE
DAO YU

鹿呦呦

花山文艺出版社

河北·石家庄

**图书在版编目（CIP）数据**

亲爱的岛屿 / 鹿呦呦著. -- 石家庄 : 花山文艺出版社，2020.6

ISBN 978-7-5511-5117-7

Ⅰ．①亲… Ⅱ．①鹿… Ⅲ．①长篇小说－中国－当代 Ⅳ．①I247.5

中国版本图书馆CIP数据核字 (2020) 第060328号

| | | |
|---|---|---|
| 书　　名 | ： | **亲爱的岛屿** |
| 著　　者 | ： | 鹿呦呦 |
| 策划统筹 | ： | 张采鑫 |
| 特约编辑 | ： | 张　磊 |
| 责任编辑 | ： | 董　舸 |
| 责任校对 | ： | 郝卫国 |
| 美术编辑 | ： | 胡彤亮 |
| 装帧设计 | ： | 颜小曼　何云云 |
| 封面绘制 | ： | 三本王Wallace |
| 出版发行 | ： | 花山文艺出版社（邮政编码：050061） |
| | | （河北省石家庄市友谊北大街330号） |
| 销售热线 | ： | 0311-88643221/29/35/26 |
| 传　　真 | ： | 0311-88643225 |
| 印　　刷 | ： | 湖南凌宇纸品有限公司 |
| 经　　销 | ： | 新华书店 |
| 开　　本 | ： | 880×1230　1/32 |
| 印　　张 | ： | 8.5 |
| 字　　数 | ： | 188千字 |
| 版　　次 | ： | 2020年6月第1版 |
| | | 2020年6月第1次印刷 |
| 书　　号 | ： | ISBN 978-7-5511-5117-7 |
| 定　　价 | ： | 36.80元 |

（版权所有　翻印必究·印装有误　负责调换）

# 目录
Contents

# 目录
## Contents

第一章

遗产竟然是一座灯塔

纽约曼哈顿。

时代广场一座摩天大楼的高层内，会议室三面靠窗，华尔街楼群、哈德孙河以及自由女神像尽收眼底，这里是世界金融中心。

三个西装革履的美国人坐在长桌的一侧，面对着他们的两个男人同样衣冠楚楚、仪容整洁，不同的是肤色，他们小麦偏白的皮肤一眼便可辨认出是东方人。

其中一个五十岁左右，身上带着饱经风雨的成熟，神情泰然自若，让人摸不清他到底在想什么。另一个看上去年纪很轻，俊朗的相貌与年长的男人倒是如一个模子刻出来的，虽少了些老练的气质，但他坐在那里，眉间凛然，抿唇微笑，似乎一切已胜券在握。

金融家都如嗜血如魔的鳄鱼。

这一点，池故渊深信不疑。

此刻，他觉得自己和父亲池鑫都像极了鳄鱼，不动声色地潜伏，充满信心地等待猎物上钩，一旦猎物出现在周围，便毫不犹豫地发起攻击，一招致命。

时间一分一秒地过去，对于在华尔街工作的他们来说，时间就是金钱，而且还是美元。

终于，对方紧皱的眉头舒展开来，微微点头。

池故渊和池鑫同时舒了一口气，但他们没有表现出任何情绪的起伏，只是对视了一眼。

池鑫站起来，朝三个美国人伸出手，嘴里吐出一口流利的英文："Thank you, and wished a happy collaboration（谢谢，祝愿我们合作愉快）！"

池故渊跟着站起身来，在起身时还不忘将西服外套的金属纽扣优雅地扣好。

站在中间的美国人看向池故渊，用有些蹩脚的中文欣赏地对池鑫说道："你有一个很棒的儿子。"

池鑫得意地看了眼池故渊。

池故渊并未骄傲自满，脸上挂着谦逊而自信的笑容："这一切都归功于我父亲的培养。"

合作谈成，但三个美国人显然对这次谈判的结果没有那么满意，可池故渊和池鑫这对精于算计的父子开出的条件是他们无法拒绝的。

池故渊和池鑫送走客户，会议室门外金发碧眼的 Adele（阿黛尔）已经徘徊许久了，她递上平板电脑，给池鑫看上面的邮件内容。

池故渊感到奇怪，Adele 做事一向处变不惊，哪怕是面对股票大幅度的涨跌，脸上也不会露出像现在这般焦躁的表情，而父亲在看到邮件内容后，脸色也变得凝重起来。

池鑫沉默了一会儿，叫住池故渊："你跟我来一下。"

池故渊跟随父亲回到会议室里，父亲将平板电脑递到他跟前。

这是一封来自大洋彼岸的邮件，上面讲了关于池故渊的爷爷去世的讯息。

"爷爷？"池故渊从小跟着父亲在美国长大，从未听父亲提起过国内还有什么亲人。

"你代我回去把葬礼办完就立马赶回来。"池鑫说道。

"您不回去吗？"

池鑫摇摇头，缄默不语。

关于爷爷的事情，父亲池鑫不愿再多说，只让 Adele 帮池故渊订了当天的机票。

池故渊回到公寓收拾行李，特意在电脑里下了一张中国地图，找了半天才找到他从未踏足的故乡——远人岛，位于中国东海海域内。

Adele 在池故渊上飞机前便细心嘱咐他这段旅途会很累。

果然山高水远，池故渊先从纽约坐飞机到上海，转了火车去沿海的一座小城，赶在中午前登上那趟一个月才往返远人岛一次的轮渡。

舟车劳顿加上轮船颠簸，池故渊在船舱里几乎吐到快断气了，而且他本来就怕水，看到一望无际的海更是眩晕得厉害。

"小伙子体力不行哟。"旁边的一个大婶笑道。

船上的乘客寥寥无几，但都衣着朴素、面容粗糙，他一身带着纽约金融味的精致感与之格格不入。

池故渊正想回话，开口的瞬间胃里又一阵翻滚，大婶适时将一个小桶递过来，池故渊吐完才发现这个桶里装着几条发臭的死鱼，他又一阵呕吐。

吐到近乎虚脱的池故渊等身体慢慢缓过来，问那位热心肠的大婶："还有多久到远人岛？"

"快了。"大婶上下打量着池故渊，"你不是我们岛的人吧？"

池故渊正要点头，但又想若是他爷爷是远人岛的居民的话，那他应该也流淌着这个岛的血液。

"你一个人来远人岛做什么呢？看朋友，还是旅游？"大婶自来熟地询问。

"我是来……"池故渊说着，突然船猛地一晃，他直接从靠窗的座位滑到了地上，还好大婶拉住了他，不然他的头就该磕到椅子上了。

池故渊正想回句"谢谢"，船却晃动得更厉害了，他朝窗外望去，海上起了巨浪，直接翻过船顶拍打过来，船在海中漂浮不定，如一片随时都会被吞没的树叶。

船内响起了警报声。

大婶连忙从座位下方拿出救生服穿好，见池故渊死死抓着把手，吓得脸色煞白，她将一件救生衣扔给他："快穿好！"

池故渊接过救生衣，慌乱地套在身上后去找自己的行李箱，里面只装着三套换洗的衣物，宝贵的是他的笔记本电脑，里面详细记录了纽约商品交易所、股票市场以及亿元客户的绝密信息。

"哎呀哩，怎么这么不走运赶上坏天气。"大婶好像有些习以为常。

池故渊感觉脚下一湿，他低头一看，水竟然漫了进来。这时扬声器里传来船长的声音，要大家坐救生筏离开。

海上的浪小了些，但船依旧在剧烈地颠簸着，不远处远人岛的轮廓慢慢显现了出来，乘客们好像早已习惯般熟练地取下系在甲板上的救生筏，充气后抛到海中。

救生筏很小，一艘只能容纳五个人，抱着行李箱的池故渊正要上去，却被身后的大婶拽了下来抢先坐了上去，身强体壮的大爷大妈紧随其后，直接将原本排在最前面的池故渊挤出一米开外。

救生筏很快坐满，还硬生生地多塞了一个人。

"你们有没有素质啊？应该按顺序来！"池故渊愤愤不平。

"小伙子，难道长辈们没有教你应该尊老爱幼、女士优先吗？"大婶笑笑，"你年轻力壮的，游过去就行啦！"

　　"哎，等等！"船还在一点点下沉，池故渊几近绝望，连忙改变策略，"我、我有钱，你们谁把位置让给我？我花一千块！一万块！十万块……"

　　"小伙子你说啥？"大婶扯着嗓子，没听清他的话。

　　救生筏已经离池故渊越来越远，船上只留下他和还在驾驶舱的船长。

　　漫进船里的水越来越多，池故渊坐立难安，干燥的空间越来越少，他爬到凳子上，水又很快漫了上来。

　　池故渊吓得大声惊叫，他举着行李箱，生怕水浸到行李箱里去。

　　突然，又一排巨浪打了过来，摇摇欲坠的船眼看就要被掀翻。

　　船长迅速从驾驶室里出来，朝池故渊招手："我们游过去。"

　　"我不会游泳啊！"池故渊尖叫。

　　"有救生衣你怕什么！"船长直接拽着池故渊跳进海里。

　　池故渊另一只手还拉着那个18英寸的行李箱，被灌入水的行李箱很沉，很快就被海水冲走了。

　　"我的电脑！"池故渊挣脱船长的手，去寻找行李箱，海浪一波一波灌进他的眼睛、鼻子和口腔，咸得他直咳嗽，一连呛了好几口海水。

　　池故渊刚刚穿救生衣时没有扣好，很快救生衣被海浪冲走，他不断地往下沉，脑袋一片空白。眼前是一片无法识别方向的蓝，他想要挣扎，却使不上力气，浑身精疲力竭，只能任由海水把他带向更深的地方。

恍惚之中，他看到了一个人，她长长的酒红色卷发在水中散开，一张精致小巧的脸显得尤其白皙。她好像穿着一条蓝色的吊带裙，如一条灵动的鱼朝他游来，她伸出手，拉住他。

海水很冷，但她的手心很暖。

池故渊试图去看清她的样子。

她是一个美丽的少女，有着一双异瞳，一褐一蓝，看起来神秘而高贵。那一瞬间，他以为自己见到了天使，紧接着，他看到了她长着鱼尾，尾巴随着海水左右摇摆。

美人鱼？

池故渊想要去摸那鱼尾，但意识渐渐模糊了，他的头向后仰，嘴巴张开，慢慢地窒息了……

嘈杂的声音由远而近，突然变得清晰无比，池故渊醒了过来，吐出几口腥咸的海水，终于呼吸到新鲜空气，他大口大口地喘着气。

映入眼帘的是刚刚在海里见到的"美人鱼"，她正眨着那双好看的异瞳看着他。

池故渊捂着堵得发慌的胸口，艰难地半坐起身子，才发现他四周被人围得水泄不通，一群好像是土著居民的人如看外星生物一般在他身边围成一个圈，目光里带着惊讶与新奇。

"醒啦，醒啦。"其中一个围观者惊喜地叫起来，正是刚刚抢占救生筏位置的大婶。

池故渊瞪了她一眼，还对于抢位置一事耿耿于怀。

"还好小鱼救了你,不然你的小命可就没了哩。"大婶又说道。

"小鱼?"池故渊看向那个女孩子,她穿着一身蓝色的连体阔腿裤而不是吊带裙。他又歪头去确认她的脚,看到了一双白花花的脚丫,原来不是美人鱼。

小鱼见池故渊奇怪地盯着她的脚看,连忙将脚掌缩进裤子里,脸红了起来。

"是你救了我?"池故渊问。

小鱼点头。

"那你有没有看见我的行李箱?"

小鱼摇头。

"就是18英寸的,大概这么长这么宽,黑色的,有些沉……"池故渊比画着。

小鱼继续摇头。

池故渊站起身来,推开人群,这里的沙滩十分干净,沙滩上空无一物,前方是一望无际的大海,连接着海平线。他去摸自己的口袋,发现手机也丢了,回头问那些岛民们:"你们谁能帮我打捞行李箱和手机?"

没有人回应他。

估计打捞上来也无法使用了,池故渊感到绝望,又想起此行的目的,只想快点办完正事离开,便向岛民们打听:"你们有谁认识池旧林吗?我是他的孙子。"

池故渊话音刚落,岛民们立马凑了过来,抻长脖子打量他,大婶瞪大眼睛,张大嘴巴:"你是池大爷的孙子?"

"我爷爷叫池旧林。"池故渊重复了一遍。

　　"啊！"大婶发出尖锐刺耳的海豚音，激动地捂着嘴，"你就是池大爷在米国的那个孙子？叫池什么渊来着？"

　　"是美国，我叫池故渊。"池故渊没想到未曾谋面的爷爷会知道他的名字。

　　"对对对，池故渊，你这名字还是池大爷给你取的哩！"

　　"爷爷给我取的？"池故渊心里充满了更多疑问。

　　"哎，在船上你怎么不早说是池大爷的孙子！"大婶兴奋地拍了一下池故渊的肩膀，这力道可不轻，池故渊的肩膀都歪了一下。

　　"我叫陶丽，叫我陶阿姨就可以。"大婶将一旁的小鱼拉过来，"小鱼，他是池故渊，你哥哥！"

　　小鱼看着池故渊，迟疑道："故渊哥哥？"

　　池故渊一下子就愣住了："我没有妹妹。"

　　"哎哟，小鱼当然不是你亲妹妹，她是十年前你爷爷在海上捡到的，一直当亲孙女养着，所以也算是半个妹妹哩。"陶阿姨笑道。

　　"哦。"池故渊懵懵懂懂地点点头。

　　紧接着，其他人开始一个接一个热情地介绍自己：

　　"我是你牛大爷，跟你爷爷从小穿着一条开裆裤长大的。"一个缺了半口牙齿的老爷爷笑道。

　　"我是你花婆婆。"一个上了年纪的老奶奶说道。

　　"我是……"

　　……

　　池故渊听得越发糊涂，连忙打断："不好意思，能不能先带我去爷爷的葬礼？"湿漉漉的衣服贴在身上，让他感到十分不适。

众人簇拥着池故渊往岛上走去，池故渊恍惚间有种衣锦还乡、英雄凯旋的被关注感。

岛民们一路上兴奋地说说笑笑：

"米国是不是很远啊？我听说在中国的另一边哩！"

"是美国啦，不是什么米国，真土，连美国都不知道。"

"那你就知道啊？"

"当然了，我还去过呢！"

"别吹啦，你连护照都没有！"

······

池故渊的个子很高，几乎比岛民们都高了一个头，他环顾着远人岛的风景，这里看上去十分古朴，放眼望去是一片溢出眼眶的绿意，绿树丛生，田野纵横，依山而建的木屋错落有致，升起袅袅炊烟，保持着原生态的田园风光，完全没有纽约金融街的商业气息。

爷爷的家坐落在半山腰，一座很普通的小木屋，篱笆围成的院子里种着瓜果蔬菜，葡萄架下挂着两条绳子和一块木板做成的简陋秋千。

从爷爷家里跑出来一个皮肤黝黑但很精神的少年，他紧张兮兮地看向池故渊身后的小鱼："你去哪儿了？"他摸到她湿漉漉的衣服，"你又去游泳了？"

小鱼没有说话，只是点点头。

陶阿姨拉着那位少年，跟池故渊介绍道："他是我儿子，叫陶林。

陶林，这是池爷爷生前经常挂在嘴边的孙子，池故渊。"

"池大哥好。"叫陶林的少年朝池故渊咧嘴一笑，牙齿雪白，"池大哥快进来吧。"

池故渊应答了一声，走进屋子，正对着门口的是客厅，客厅摆设成灵堂的样子，两边堆着花圈，一位头发花白的老人躺在棺材里，面容宁静，好似在沉睡，嘴角带着微微上扬的笑意。

池故渊看着棺材里的老人，从脑海里抽离不出任何与之有关的记忆。

"我是这个岛的村长，池大爷的葬礼由我来主持。"棺材旁站着一个穿着黑色衣服、留着花白胡子的老人，他问池故渊，"你爸爸没跟着回来吗？"

池故渊摇摇头："爸爸让我代他回来参加爷爷的葬礼。"

"真是个不孝子。"村长叹气摇头，"亏池大爷生前那么疼爱他，难怪不打算把遗产留给他。"

池故渊一怔："遗产？"

"你跟我来。"村长走出木屋。

池故渊跟在他身后。

村长站在院子门口，指向海边一座高高耸立的灯塔："看到那座灯塔了吗？"

池故渊点头。

"那就是池大爷给你留的遗产。"

"What（什么）？"池故渊一头雾水。

"你们池家世世代代靠守护灯塔为生，你爷爷是个了不起的守塔人，但是你爸爸忤逆了他的意愿，离开了远人岛，一走就是三十年，这三十年从来没回来过。后来还是我无意间在网上看到了你爸爸的新闻，尝试用邮箱联系他，你爷爷去世的消息，便是我发送的。"村长说道。

池故渊从未听父亲提过有关灯塔的任何事情，完全不明白所谓的守塔人是做什么的，毕竟守塔这个词……他只在《王者荣耀》里听到过："那如果我继承了灯塔，需要做什么？"

"当然是待在塔上，为渔船指引方向。"

"每天都要守吗？"

"准确来说是每天晚上。"

天……这该是多么枯燥无聊的一个职业，池故渊嘴角一抽，顿了顿："我放弃这份遗产。"

池故渊话音刚落，便感受到了来自四面八方的敌意，他转过身，见岛民们都一脸鄙夷地看着他，指指点点给他莫名贴上了"不孝孙"的标签。

"我在美国还有事业，怎么可能来当守塔人，我不属于这里！"池故渊努力跟他们讲道理，甚至逼急了还冒出英文来，"I don't belong here！（我不属于这里！）"

但岛民们压根儿不听。

崩溃感再次袭来，池故渊放弃了辩解，只好先使出缓兵之计，打算将爷爷的葬礼办完再从长计议。

远人岛办葬礼的流程并不复杂，村长为死者进行祷告后，每人拿着一束花绕棺材走一圈献上花束，当天便可以下葬。

棺材正要入土，小鱼号啕大哭着扑了上去，死活不让人动棺材，后来还是陶林使劲将她拉开，不停地安慰她，她才渐渐平静下来。

　　池故渊看着眼睛哭得红肿的小鱼，心里有些不是滋味，他对于爷爷完全没有印象，所以也没有感到特别悲伤。他想起保姆倪姨说，当他还是个襁褓里的婴儿时，参加因病去世的母亲的葬礼，小小的他哪里懂得生离死别的悲伤，甚至还在葬礼上放声大笑，然后就生生挨了父亲一巴掌。

　　葬礼过后，黄昏已经离去，夜幕铺开，池故渊拖着疲惫的身子回到木屋里，湿漉漉的衣服早已被岛上的海风吹干，夜风微凉，他忍不住打了个哆嗦。

　　爷爷的小木屋并不大，两室一厅一厨一卫。

　　池故渊准备找套换洗的衣服，打开衣柜直接被吓了一跳，葬礼中途离开的小鱼正双手环抱着腿，蜷缩在爷爷的衣柜里，泪痕斑驳挂在脸上，一褐一蓝的异瞳泪光闪动，惘然无助地抬头看向池故渊。

　　池故渊心里微微悸动，喉咙滚动："你……在这里做什么？"

　　"我想爷爷。"她的声音里带着哭腔，听得让人动容。

　　"爷爷已经去了天堂，请节哀吧。"

　　"为什么爷爷走了，你却不难过？"泪水顺着小鱼的眼角滑落下来。

　　"我……"池故渊怔了怔，"因为你跟他在一起生活了十年，所以你有感情，这很正常，但是今天是我人生中第一次见到他。"

　　"可是你们有血缘关系不是吗？"

“是。”

“那你会替爷爷守灯塔吗？”小鱼又问。

池故渊今天因为继不继承灯塔一事已经跟岛民们闹得不可开交了，他没有心情再去辩解：“再说吧，我今天累了，想先休息。”

小鱼从柜子里爬了出来，递给池故渊一封信：“这是爷爷让我给你的。”说完便回到对面的房间里了。

池故渊打开信，借着昏暗的灯光看了起来：

羁鸟恋旧林，池鱼思故渊。

故渊，这便是我给你取的名字的由来，也不知道你爸爸会不会给你用这个名字。我那个不孝子在三十年前离开了我，离开了远人岛，忘记了故土以及在这里生活的他的老父亲，他爱上了城市的繁华，爱上了你那催促他拼搏的母亲，可是我希望你永远也不要忘记这里，不要摒弃我们池家世代传承灯塔的规矩。

灯塔，是给人希望的象征，它最终会带你回家。

最后，希望你好好照顾小鱼，她是个好孩子。

池故渊放下信，胸口像哽了一口气，沉闷得令他烦躁，原来爷爷不仅要他继承灯塔，还要将小鱼托付给他。

他将信胡乱塞到枕头底下，在衣柜里拿了套爷爷的睡衣，走进卫生间里，里面的设施十分陈旧，池故渊弄了半天也没搞清楚那台热水器怎么操作，索性洗了个冷水澡。

睡衣的质量并不好，对于他这种从小习惯穿上等丝绸睡衣的人来说简直是种折磨，加上床板也硬邦邦的，由几块木板拼接而成，就铺了一层单薄的床单，硌得慌。池故渊只好把衣柜里所有衣服都拿出来铺在床上，折腾了半天才终于找到比较舒适的位置和姿势，沉沉地睡去。

这一觉刚好睡到公鸡啼鸣，池故渊在纽约时便养成了早晨五点起床研究股市的好习惯，体内已经有了固定的生物钟。

一觉醒来感到腰酸背痛，池故渊伸了个懒腰，关节"咔咔"作响，听得他心里直发怵。

他推开房间门，对面小鱼的房门仍紧闭着，池故渊猜想她应该还没起床。

池故渊每天早晨有喝咖啡的习惯，但他在爷爷家的厨房里找了一圈，一无所获，甚至连可以吃的东西都没有，他的肚子饿得咕噜噜直叫，突然想起院子的一角有个鸡窝。

池故渊来到鸡窝前，一只母鸡卧在草堆上，他伸手拨开母鸡的毛看了眼，鸡窝里有两个又白又圆的鸡蛋。

他一阵惊喜，伸手去拿鸡蛋，母鸡突然发狠地啄了一下他的手，他疼得叫了一声，收回手。

母鸡开始对他充满敌意，挪了挪屁股，将两个鸡蛋严严实实地保护好。

池故渊再次出手，试图抓着母鸡的脖子将它提起来，不料手还未摸到，就一连被啄了好几下。

他摸着被啄得通红的手，狠狠地瞪了眼母鸡，母鸡直起脖子，似乎在与他对峙。

池故渊转身假装离去，放松母鸡的警惕，然后又突然把手伸向两颗鸡蛋。

母鸡完全被惹怒，扑腾着翅膀飞起来。

池故渊吓了一跳，向后一屁股跌坐在地上。

母鸡飞到池故渊面前，迈着步子大摇大摆地朝他走来，像是要把他吃掉一般。

池故渊在曼哈顿呼风唤雨什么阵势没见过，没想到此刻却被一只母鸡吓住，他连连往后退，嘴里因为惊吓又冒出了英文："What do you want to do？！（你想干什么？！）"

母鸡"咯咯"地叫了一声，飞到了他的大腿上，他尖叫连连。

此时，小鱼从木屋里走出来，奇怪地看着池故渊："故渊哥哥，你在干吗？"

池故渊仿佛看到救星般，拼命求救："你、快、快，快帮我把这只老母鸡赶走！"

小鱼走了过来，将母鸡拎起来，没想到母鸡在小鱼的手里异常温顺，不再凶神恶煞。

小鱼把母鸡放回鸡窝里，轻而易举地拿到两个鸡蛋，并笑着摸摸母鸡："真乖。"

母鸡梗着脖子"咯咯"叫了几声，很骄傲的样子。

池故渊舒了口气，突然闻到一阵臭味，低头，裤子上赫然一摊黄色的液体，是刚刚母鸡留下的。

"啊！！！"池故渊崩溃地跑进卫生间，连忙将裤子脱掉换了条新的，旧裤子则被他随手扔进垃圾桶里，手上似乎还残留着那只老母鸡的味道，他足足在洗手池前用香皂洗了快半个小时的手。

池故渊从卫生间里走出来，小鱼已经把早餐做好了，她盛了碗白粥摆放到他面前："故渊哥哥，吃饭。"

池故渊望着简陋的早餐嘴角一抽，竟是白粥配咸菜，但饿着肚子的他已经顾不得挑剔了。

小鱼将煮熟的鸡蛋剥好，放到池故渊的碗里，朝他微微一笑："故渊哥哥，吃蛋。"

池故渊用筷子叉起鸡蛋，起身朝院子走去，故意在那只母鸡面前一脸得意扬扬地吃着，母鸡果然被激怒，挥舞着翅膀大叫着朝他扑来。

在母鸡飞过来的那一刻，池故渊及时地关上客厅的门，母鸡"砰"的一声撞在木板门上。

池故渊坐回餐桌前，一边听着门外母鸡气急败坏的"咯咯"声，一口将鸡蛋吞进肚子里，笑得更欢了。

"故渊哥哥，你真幼稚。"喝着白粥的小鱼笑道。

"这不是幼稚，这叫人不犯我，哦不对，鸡不犯我，我不犯鸡。"池故渊煞有介事地说道。

这时，池故渊才仔细地端详起小鱼的容貌来，暗酒红色如海藻般的微卷长发披泻下来，被她凌乱地挑起几缕别在脑后。她的皮肤很白，一张小巧的脸上透着淡淡的红晕，带着少女的稚嫩，五官十分精致，尤其是她那一褐一蓝的异瞳，仿佛能摄人心魄一般。

即便池故渊在纽约见过无数国色天香的美女，也不得不感叹小鱼的容颜，她仿佛融合了东西方最美的一面，美得完美无瑕。

"小鱼，你是混血儿吗？"池故渊问。

"我不知道，我很小的时候在海上遇到了海难，爸爸妈妈都没了，隔了这么久我已经记不清他们的样子了，也不知道他们是中国人还是外国人。"

池故渊点点头，怕触及她的伤痛，便不再追问。

吃完早餐后，池故渊向小鱼打听船长的住址，小鱼热心地带他前往。

出门时碰到了隔壁的陶林，他热情地朝他们打招呼："池大哥，小鱼。"

"我带故渊哥哥去找船长。"小鱼说道。

"那我也跟着去吧。"陶林跟在他们身边，"池爷爷去世后，没有人守着灯塔，岛上的渔民们只好暂时休息，但已经停工这么多天了，如果再不出海捕捞，大家会饿死的。"

"哦。"池故渊漫不经心地听着。

"池大哥，你能从今天开始守灯塔吗？远人岛不能没有守塔人。"

池故渊没有回答陶林的话。

他们来到船长家里，船长似乎还没起床，敲了半天门也没人应答。

"要不我们一会儿再来吧？"小鱼提议道。

池故渊固执地继续敲着门，他已经一秒钟都不想在这个破地方待了，要知道在这里浪费的时间，足够他在纽约赚一大笔美金了。

池故渊满脑子想的都是纽约证券交易所和那些涨涨跌跌的股票。

终于等到船长开门，他带着起床气，满肚子埋怨："太阳都还没晒屁股，吵什么吵？"

"船长，我有事要问您。"池故渊走进屋子，留小鱼和陶林在外面。

"什么事？"船长打了个哈欠，瘫在客厅破旧的沙发上。

"船什么时候可以回去？"池故渊问。

"你昨天不是看到了吗？都被海水淹没了，修好估计得一段时间吧。"

"大概需要多久？"

"一个月吧。"船长眼皮子沉得睁不开眼。

"那这里除了您，还有其他船可以回去吗？"

"客船就我这么一艘，一个月往返一次，反正大家也不急着走，你就再等一个月吧。"船长又打了个哈欠，懒懒地睡去。

"可是我等不了一个月！还有可以用的船吗？"池故渊又问，听到的却是船长呼噜呼噜的巨大鼾声。

池故渊只好作罢，转身走出屋子。他开始挨家挨户去问有没有能够带他回去的船，但得到的都是否定答案，有的说最近天气不太好不适宜远行，有的说自己的船开不了那么远。最后，池故渊表示自己愿意出十万的路费，牛大爷犹豫了一会儿之后还是拒绝了。

岛上的人好像联合起来存心不让他回去似的。

"故渊哥哥，你不打算留下来守灯塔吗？"小鱼楚楚可怜地看着池故渊。

"小鱼，这里不是属于我的地方。"

"可它是你的故乡，是你的家啊，池家世世代代都生活在这里。"

"但是现在时代变了，我和我的父亲都不是能够在这里安安静静过一生的岛民，我们的世界属于充满刺激和挑战的金融街。你想想哥伦布，如果他没有勇于冒险的航海精神，就不会发现新大陆，人总是要不断探索，才能向前发展。"

"那你不打算照顾小鱼了吗？"小鱼纤长浓密的睫毛微微颤动着，落在上面的泪珠如同水钻，楚楚动人。

"你已经成年了，不需要监护人了。"池故渊平静地说道。

小鱼落下泪水，哭着跑开。陶林连忙追在她身后。

池故渊叹了口气，心烦意乱极了，忍不住在原地嘶吼一声。

池故渊在爷爷家里来回踱步，慢慢地想通了一件事，这个岛上的所有人都在想方设法阻挠他离开远人岛，因此他根本无法轻轻松松地离去。

他决定偷船悄悄离开。

午餐时间小鱼回来了，她在院子里摘了些菜，又从地里挖了些土豆，做了两菜一汤。她似乎还在生池故渊的气，始终不与他说话，一个人沉默地吃着饭。

池故渊快饿扁了，他咽了咽口水，但又拉不下面子，只好走到院子里去看鸡窝，母鸡仍旧捍卫着它的地盘，但里面没有鸡蛋。

他摘了些院子里的青葡萄，刚吃了一颗，就酸得他全身发颤。

池故渊回到屋子里，小鱼已经进房间了，桌子上竟给他留了些饭菜。

池故渊脸上浮起一丝笑意，坐到餐桌前，狼吞虎咽地吃起来。

午饭后，池故渊先熟悉了一遍整个远人岛，记下渔船停泊的位置，他决定在深夜逃走。

晚饭的时候，小鱼照例给他留了饭菜，池故渊吃饱后便回到自己的屋子躺着，他想要回到美国的心越来越强烈。他心里计划着离开远人岛后第一件事情先去银行里取些钱，买新手机和新衣服，然后找家酒店舒舒服服地住着，一边等新的身份证护照办理下来，一边远程处理纽约那边的事务。

而不是像现在，一日三餐都是清汤寡水，住在这座一年四季都被海风吹着，非吹出风湿病不可的小破屋。

池故渊睡了一觉，养精蓄锐，醒来时正好是深夜，屋外一片寂静。

池故渊蹑手蹑脚地打开房门，不想院子里的母鸡一见到他便"咯咯"叫起来，导致邻居陶家的狗也开始狂吠起来。

池故渊加快步伐走出院子，一路跑到他今天凭记忆记住的港口，看到了停泊着的渔船。

他暗自窃喜，挑了一艘看上去最新的。

池故渊坐上渔船，望着一眼望不到边的海面，微微恐惧起来。他很怕水，小时候溺过水差点儿要了他的命，那天落海后的窒息感也历历在目，他摇了摇头，努力让自己鼓起勇气。

池故渊并不会驾驶渔船，只能凭借自己先前开赛车的感觉操控着。

　　船的引擎被启动，向前驶去，池故渊握着方向盘，嘴角微微上扬。

　　可是大海茫茫，他很快迷失了方向，渔船上的导航似乎也不怎么灵敏，一直显示他在原地转圈。池故渊慌了起来，额头上冒出细密的汗珠。

　　他只好先停下船，亮起船上的所有灯，希望有巡海的船路过能发现他。

　　池故渊不知道自己等了多久，海面一片寂静，他听不到任何声音，好像全世界只剩下他自己，孤独感与恐惧感再次漫上心间。

　　他四处张望，寻找着可以停靠的地方，就在这时，他看到了一束光。

　　在半空中亮起的光，明亮耀眼，照耀着海面，泛起粼粼波光，宛如一条铺着黄金的道路。

　　池故渊心里倏地一动，他开着船，朝那条金色的路驶去。

　　慢慢驶近了，他才发现那缕光是从灯塔上发出来的。

　　高高的灯塔矗立在岛上，散发着耀眼的光芒。

　　忽地，从池故渊内心深处传来了一声低低的呼唤：回家，回家吧。

　　池故渊像魔怔了一般朝着那束光驶去，但他突然清醒过来，意识到自己开去的方向是远人岛，连忙掉了个头，却"砰"的一声撞上了冒出海面的礁石。

　　船失去重心，朝一边倾斜过去，池故渊大叫着，整个人被甩出去，落入海中。

冰凉的海水浸透着他的每一寸肌肤，池故渊只觉得眼前一片黑暗，又忽然地亮了起来，灯塔发出的金黄的光穿透海面，将海底照得亮如白昼。

在一片金灿灿中，他又看到了那个少女，奋不顾身地朝他游来。灯塔像是为她劈出了一条狭长而明亮的路，她顺着那条路来到他身边。她的身子在水中十分柔软，如一条轻快的鱼，她精致的脸庞在光的照耀下越发灵动美丽。

小鱼拉着池故渊往上游。

他们终于浮出了水面，池故渊大口地吸气喘气。

小鱼将他带回岸边，池故渊在沙滩上四脚朝天地躺了一会儿，头顶是那高高矗立的灯塔和满天璀璨的星空，是他在纽约不曾看到的静谧美好。

但是池故渊依然想念车水马龙、灯红酒绿的纽约，他已经恨死这个四面环海的远人岛了，让他在两天之内就溺了两次水。

"小鱼，你会开渔船吗？"池故渊问。

小鱼摇头。

"那你知道怎么去海的另一边吗？"

"大家平常都坐客船。"

"那你想去看看外面的世界吗？"

"我已经去过了。"小鱼以前偶尔也会跟随爷爷外出办点事情，但她不适应城市熙熙攘攘的街道和带有雾霾的空气。

"我是说更远更好的世界。"池故渊坐直身子，开始循循善诱，"故渊哥哥住在一个叫纽约的地方，那里是世界金融中心，是繁华的大都市。每个人都有自己的远大理想和目标，并为之奋斗着，那里的生活，每一天都被填充得满满当当，除了这些，还有最舒适的环境和最好喝的香槟……"

小鱼听得懵懵懂懂，摇摇头："可我还是喜欢远人岛，喜欢这里的一切。"

"你的目光太短浅了，终其一生被困在这个没出息的岛上，不是很可悲吗？"池故渊看着小鱼一头在光的照耀下越发红艳的卷发以及精致的五官，"你这么漂亮，完全可以靠脸蛋吃饭。"

"故渊哥哥，你一定要离开吗？"小鱼问。

池故渊点头："我应当是华尔街挥金如土的金融巨鳄，这座小岛无法施展我的才华和抱负。"

小鱼听不懂他在说什么："什么是金融巨鳄？是一种鳄鱼的名字吗？"

"简单来说，就是掌握着惊人的财富，势力强大，逢投必赢。"

"要那么多钱做什么？"小鱼不解。

"世界上的所有一切难道不是靠钱维系吗？钱能买来幸福，买来健康，买来数不尽的快乐，当然是越多越好。"

"小鱼觉得不能，在远人岛，钱这种东西是很少见的，大家更喜欢以物换物，虽然不是那么富有，但大家都活得很开心。"

"那是因为你没有见过我的世界，你不明白巨大的财富能给你带来多少快乐，你没有经历过，所以不懂，简单来说，你现在就是只井底之蛙。"

小鱼并没有因为池故渊的嘲讽而感到生气，她站起身来，面容平静："你跟我来。"

池故渊满满腹疑惑地跟在小鱼身后。

小鱼走进灯塔，里面黑漆漆的什么也看不清楚，她摸到摆放在门旁的手电筒，亮起灯，沿着旋转的铁皮楼梯往上走。池故渊累得气喘吁吁，小鱼的体力却出奇的好，爬到灯塔顶也不见半点喘气。

她推开门，灯塔顶部竟有间卧室，摆着床、桌子、椅子和书架，那照射到海面明晃晃的光便是从架在窗台上的灯发射出来的。

卧室里还有一扇门，通向的是设备间，里面有台巨大的柴油发电机，发出嗡嗡声。

"这里便是爷爷工作的地方，他晚上在这里过夜，守着灯塔，给发电机添加柴油，以防灯灭。"小鱼指着灯塔上的灯，"灯塔是给人回家的希望，渔民们只要看到它，便不会迷失方向，池家世世代代做着的，便是这样一份伟大的事业。"

"既然你那么喜欢灯塔，为什么你不来守？"

小鱼突然红了眼眶，一双异瞳瞪得颇大："守灯塔是祖上传下来的荣耀与使命，小鱼毕竟不是真正的池家人。"末了，她又补充道，"小鱼的使命是带你回家，而你的使命，是守护灯塔，迎接回家的人。"

池故渊听得头疼，环顾屋子一圈，要是让他在这座灯塔上没日没夜地待下去，他非疯掉不可，他发起脾气来："灯塔这种东西随着时代的发展难道不是应该被淘汰吗？现在的造船技术那么发达，完全可以使用雷达以及其他通信设备，还要这破灯做什么？好吧，就算它有象征意义，但是需要耗费一个人的一生守在这里吗？更何况我还不是普通人！你知道在这个岛上浪费的这两天，我在美国能谈成多少笔上亿元的生意吗？这些你们能耽搁得起吗？"

池故渊一番炮语连珠，越说越生气，他终于明白为什么父亲和爷爷的关系那么僵了。

小鱼似乎被吓住了，愣愣地站在原地，眼珠子一动不动地注视着池故渊，然后缓缓流下两行清泪。

"别哭了！"池故渊抓狂得手上青筋暴凸，"一天天就知道哭哭哭，讲点道理行不行？我真的没精力跟你们在这里瞎折腾浪费时间，我一定要回 America（美国）！"

池故渊气得踢了旁边的床一脚，没想到床还挺硬的，脚趾一阵生疼，他强忍着疼痛，又强调了一遍"America"，然后故作淡定地板着脸走出去。

走到楼梯时，池故渊才终于疼得忍不住面部扭曲，一瘸一拐地跳下楼，越想越糟心。

池故渊拖着湿漉漉的身子沿小路回家，经过陶家，院子里的狗听见人的动静开始狂吠不止。池故渊本来心情就烦躁，现在还被狗一个劲儿地叫唤，更是怒火中烧，朝狗回骂道："汪你个头！烦不烦！信不信我把你狗头给剁下来！"

里面的狗叫得更大声了，池故渊还在不停地骂着"死狗、笨狗"之类的话。

突然间，一只哈士奇从院子里跑了出来，池故渊看见那团凶神恶煞的黑影吓得连忙拔腿就跑。

哈士奇紧紧地追在他身后，他吓得脸色惨白，大叫着在夜幕中奔跑，连忙跑进了爷爷家的屋子里，他还来不及关上门，哈士奇就扑了上来，咬住他的小腿。

池故渊惨叫一声，越是挣扎，哈士奇就咬得越厉害。

"小哈！"被吵醒的陶林及时出现在池家。

哈士奇见到陶林，变得温顺起来，松开嘴，摇摇尾巴跑到陶林身边，钻进他的怀里。

陶林抱着哈士奇走近池故渊："池大哥，你没事吧？"

"没事才怪，已经被咬了。"池故渊卷起裤脚，小腿肌肉处已经被咬出了血。

陶林看了看他的伤口："小哈注射过疫苗，我之前也被咬过，这点伤不碍事的，我帮你消毒一下就可以。"

"不行，必须打狂犬疫苗！要是我有个三长两短的话，不就成为纽约最短命的金融家了！这是曼哈顿的一大损失！"

"村长夫人是医生，她那里负责打疫苗，我天亮带你去吧。"

"不行，必须现在！"池故渊斩钉截铁地说道。

"被咬之后的 24 小时以内都是最佳治疗时间，现在大伙都睡下了，总不能把人家半夜吵醒吧？这样也太不礼貌了。"陶林感到为难。

"那你怎么没想过你要懂礼貌些？不拴狗绳放任狗到处咬人，这样就是礼貌了吗？"池故渊气势汹汹地质问。

陶林被怼得哑口无言，他想了想，耐着性子："这样吧，池大哥，我先给你清洗伤口，距离天亮还有一两个小时，等公鸡打鸣我就带你去村长家打疫苗。"

池故渊点头，同意陶林的提议，警惕地看向他怀里的哈士奇："它，不许进来！"

哈士奇"汪"了一声，池故渊吓得向后磕在桌角上。

陶林憋住笑意，将哈士奇抱回家，锁在狗舍里，从家里拿来医药箱，搀扶着池故渊坐到凳子上，将消毒酒精倒在伤口处。

池故渊疼得龇牙咧嘴，小腿抽搐着："你能不能轻点？"

"不好意思啊，我是个粗人，习惯了。"陶林抓抓脑袋，憨憨一笑。

小鱼进屋时便看到这莫名有些暧昧的一幕，池故渊一只腿搭在小板凳上，陶林正蹲着身子在摸他的腿？

小鱼走近一看，才发现陶林是在给池故渊上药："这是怎么了？"

"小哈不小心把池大哥的腿给咬了。"陶林回应道。

池故渊还在气头上，把头转向一边，不去看小鱼。

黎明的曙光揭去夜幕的轻纱，淡青色的天空缀着几颗稀落的星星。

小鱼从爷爷的房间里拿来一根拐杖，递给池故渊："这是爷爷用的。"

池故渊觉得自己再凶她就显得有些小肚鸡肠了，于是他接过拐杖，拄着拐杖站起来，一瘸一拐地向外走去。

清晨的远人岛朦朦胧胧的，仿佛刚从迷雾中苏醒，空气清新，晨雾夹杂着海风扑在脸上湿漉漉的，田野若隐若现，一片鸟语花香。

但池故渊一路上无心欣赏美景，由陶林带着终于走到了村长家，他像昨天找船长一样，"砰砰砰"十分不客气地敲着门，不耐烦道：

"怎么这个岛上的人都这么懒，天亮了还不起床？"

陶林耸耸肩："大清早的享受懒觉多好。"

"不思进取！"池故渊深深地感受到了什么叫三观不合，他加大力道敲打着门。

村长和夫人被敲门声惊醒，连忙披上外套出来开门："什么事？"

池故渊指了指自己的小腿："我被狗给咬了，急需打疫苗。"

"你是我们岛上的人吗？"村长忽然眯起眼，幽幽地问。

"什么意思？"池故渊困惑。

"疫苗只能给岛上的人打，你如果愿意做守塔人，那么你便是远人岛的一分子，才有资格打这个疫苗。"村长摸了摸花白的胡子。

池故渊立刻听出其中胁迫的意味，愤愤道："太无耻了吧？这可是人命关天的事情，好，既然你不给我打是吧，那你起码让我离开这座岛！"

"你父亲没跟你说打赌的事情吗？"村长问。

池故渊困惑："什么打赌？我手机丢海里了，没法联络他。"

"这样啊。"村长掏出手机，给池故渊看电子邮件，大意是池故渊的父亲池鑫当年跟池大爷表示从他这一代起，不会再有传承灯塔的想法，而池大爷坚信池故渊的血液里一定涌动着守护灯塔的热情，有朝一日一定会心甘情愿地留在远人岛，于是两人打了赌，让池故渊在岛上守一个月的灯塔，如果他最后决意要离去，那么全村人不得有任何反对意见。

村长在池故渊来到远人岛后，便联合全岛居民说服他留下，发现这招无用后，不得已给池故渊的父亲发了邮件，要他履行当年的诺言。

池故渊感到绝望，抱头抓狂，不愿意接受这个事实："让我待在这个岛上一个月我会疯掉的！"

村长皮笑肉不笑道："当然我们也不是强盗，所以尊重你的意愿。"

池故渊仿佛看到了一丝希望。

村长又说道："你如果实在不愿意接受一个月的守塔诺言，我们也不会真把你绑到灯塔上，你要走随意，但我先声明，岛上所有船都不会租借给你，还有狂犬疫苗，我们也不提供，你自己想办法。"

不给船、不给打疫苗，这简直就是把他往死路上逼！

池故渊咬咬牙，只得先卧薪尝胆："好，我就待一个月，一个月后我若是要走的话，你们必须遵守诺言送我出岛！"

"当然，我以村长的名义向你保证。"村长嘴角上扬，带着笑意，他拿来一张纸，立刻在上面写了保证书，"在这里签个名，我这就给你安排打疫苗。"

池故渊怀着一颗忍辱负重的心签下了自己的名字。

村长夫人刚给池故渊打完疫苗，牛大爷便哭天喊地地跑了进来，一见到村长就大声哭诉："村长，您可得为我做主啊。"

牛大爷一把鼻涕一把泪地讲述："我的渔船不知道昨晚被哪个小兔崽子给偷偷开走了，撞在了礁石上，破了个大窟窿，请您一定要为我揪出这个人！"

池故渊听到这话，顿时煞白了脸。

小鱼看向池故渊，似乎想指证他便是昨晚偷了牛大爷船的小偷。

池故渊朝小鱼各种眨眼努嘴，示意她不要开口。

但小鱼还是将他揪了出来："报告村长，这件事情是故渊哥哥干的。"

池故渊扶额叹息。

小鱼一脸诚实，漂亮的异瞳里闪着纯洁无瑕的光："故渊哥哥，要敢做敢当。"

池故渊只得承认："确实是我干的。"

"你这个坏家伙！那艘船可是我最近才翻新过的，补个窟窿起码得花好几百哩！"牛大爷站起来就要去打池故渊。

池故渊连忙躲到小鱼身后："不就是几百块嘛，我赔你就是了！"

他银行卡里存着的可是超九位数的余额，几百块钱不过是九牛一毛！

但事实证明，池故渊还真的赔不起！

他绝望地发现整个岛上竟连台 ATM 取款机都没有，更别提银行了！他本来打算借陶林的手机登自己的微信号或者支付宝转账，却发现这里的人要么以物换物要么现金交易，压根儿不支持线上付款！

天啊，我真的还活在二十一世纪吗？池故渊怀疑人生地感叹，从小在金融中心长大的他完全想不到世界上竟然还存在着这般落后原始的地方。

池故渊在爷爷家里翻箱倒柜，连一枚硬币都没找着。

小鱼东拼西凑拿来五十块钱："故渊哥哥，这些是我攒了十年的零花钱。"

"十年攒了五十块钱？"池故渊感到匪夷所思。

"嗯，牛大爷家修船的钱我们可以一起慢慢还。"小鱼露出天真纯洁的笑容。

"怎么还？"

"出海捕鱼啊。"小鱼甜甜笑道。

池故渊被小鱼的笑容迷惑了会儿，但很快镇静下来。他不知道的是，接下来的一个月，将完全颠覆以往富埒陶白的生活，活成了一出金融巨鳄"下海"记……

第二章

你守护灯塔，我守护你

　　午饭后，小鱼带着池故渊来到陶林家，提出要出海捕鱼，三人一同往海边走去，一长排的渔船队列般停泊在岸边，正午刺眼的阳光将白帆染成一面面红绸，海面明净透彻，微风拂过，荡漾起片片涟漪。

陶林登上一艘看上去十分老旧的渔船，船上设施十分简单，小鱼跟在后面，转头朝身后的池故渊灿烂一笑："故渊哥哥，快上来吧。"

　　池故渊犹豫了会儿，也上了渔船，这里的阳光似乎比加州的阳光还要炽烈，照得他全身一阵灼热，他看到船板上摆着的橙色救生衣，连忙第一时间拿起来套在身上，并牢牢系好。

　　陶林启动船，船渐渐离海岸越来越远。

　　池故渊望着一望无际的大海，感到十分不安。

　　到了远海的地方，陶林熟练地把大网放下去，渔船大概跑了半个小时，开始启动电机，慢慢地把网拉到船上，网上来的东西可不少，有螃蟹、扇贝、虾，还有很多叫不上名字的鱼儿。

　　小鱼拿来铁桶，将各种各样的海鲜进行分类，一些不需要的则倒回海里。

　　池故渊看着分工合作的陶林和小鱼，看到了完全不同于他在纽约的另一种生活方式，靠海而生，为海而活。

　　"你以前也经常跟爷爷出海捕鱼吗？"池故渊问小鱼，他突然很想知道更多关于爷爷的事情。

　　"小时候爷爷经常带我出海，但是这几年爷爷的身体不太好，就很少了，大多数时候都是我跟陶大哥出海。"提起爷爷，小鱼的脸上不由得有些伤感。

　　她望着大海，突然间纵身一跃，跳进海里。

　　"哎！"池故渊被惊吓到，海面早已不见小鱼的影子，他仓皇地寻找着。

陶林笑道："放心吧，小鱼可是被岛民们叫作'小美人鱼'，水性很好，她不会有事的。"

池故渊坐回原位，等了好大一会儿，小鱼还没有出现，他又着急起来："该不会是出什么事情了吧？"

哪有人能在海里不携带氧气瓶潜水这么久的？

"那我下去看看。"陶林正说着，"扑通"一声跳进海里。

池故渊看得目瞪口呆，敢情这片海是游泳池吗？想跳就跳？

船上只剩下池故渊一人，他整个人焦灼极了，抬头看看万里无云的天空，又低头看看脚旁铁桶里活蹦乱跳的鱼虾蟹，再看看风平浪静的海面，他感到彷徨而迷茫，仿佛自己被流放在海洋之中。

突然海面溅起了水花，小鱼钻出水面，她靠在船的外壳上，双手高高举起，托着一枚比她的两个手掌并在一起还要大的海蚌："故渊哥哥，你看！"

她笑靥如花，蓝色的吊带裙裙摆漂在水面上，她像一条童话里走出来的小美人鱼，有着美好的脸和美好的笑容，一瞬间，池故渊呆住了。

小鱼敏捷地爬上船，坐在甲板上，将海蚌的壳微微地撬开："啊，好大的珍珠！"虽然河蚌与海蚌都可以产珍珠，但是两者珍珠的数量相距甚远，海蚌的产量很低，每次只生产一颗珍珠。

小鱼用镊子小心翼翼地从海蚌里取出珍珠，这颗珍珠圆润而饱满，池故渊虽然不懂珍珠，但多多少少也有些了解，一眼便可以看出这枚珍珠价值不菲，他喜上眉梢，看来修补渔船的钱应该可以一次性还清了！

小鱼取出珍珠后，将海蚌放回海里，笑道："这样它又能继续产珍珠了。"

　　"小鱼，你想成为河蚌还是海蚌？"池故渊突然问道。

　　小鱼不解："什么意思？"

　　池故渊决定用河蚌和海蚌的比喻来开导小鱼，他端出演说家的风范来："河蚌和海蚌虽然都是蚌类，但是命运却天差地别，一个来自河里，一个来自海里，河蚌的珍珠之所以便宜是因为其珍珠产量很高，而且被拆了珍珠的河蚌一般是活不成的，加上肉质不好，人们也不喜欢吃，只能被遗弃或者加工到动物的饲料里。

　　"但是海蚌因为一次只产一颗珍珠，而且质量很好，所以产出来的珍珠十分珍贵，即便被取了珍珠，也可以放回海里等它第二次产出，如此循环利用。"

　　池故渊看着小鱼懵懵懂懂的脸，继续说道："但是人跟河蚌和海蚌不同，人是可以选择活在海里或者湖里的，你要是待在远人岛，你就只能是一辈子的小鱼，但是你若去了更广阔的地方，你就能成为任何你想成为的人。"

　　池故渊几乎磨破了嘴皮子，最终目的都是希望小鱼能够帮助他离开。

　　小鱼听得似懂非懂："但是小鱼觉得，这都是它们的使命所在，我并不认为河蚌就比海蚌低贱和卑微，活在深沟里的人，也可以光芒万丈，住在高楼的人，未必不是一身锈。"

　　池故渊顿了顿，还想与她继续争论，就在这时，陶林浮出了水面，看着两人笑道："你们在说什么有趣的事情啊？"

小鱼抿嘴一笑："故渊哥哥在跟我说他在美国的一些好玩的事情呢。"

　　"是吗？那我也要听听。"陶林爬上船。

　　池故渊意味深长地看了眼小鱼，突然间觉得她未必什么也不懂，未必就那么无知。

　　他们在海中待了很久，这一趟出海收获颇丰，船回到了岸边，他们拎着铁桶从船上下来。陶林和池故渊一人拎两桶，还好池故渊在美国一直有坚持健身，这两桶鱼对他来说并不算重。

　　他们将铁桶摆放在路边，除了他们之外，还有一些也在卖海鲜的渔民。

　　牛大爷走了过来，池故渊连忙让小鱼把那枚珍珠拿出来。

　　小鱼扭扭捏捏，有些不舍，这可是她第一次捞到这么大的珍珠。

　　牛大爷看了看珍珠，又看了看池故渊："这是你捞到的？"

　　"是小鱼。"池故渊诚实答道。

　　牛大爷将珍珠塞回小鱼手里："那这是小鱼的，我不能收，你欠的钱应该由你双手挣了还，靠女人，没出息。"牛大爷说着摇了摇头。

　　池故渊不由得有些恼怒，他还是第一次被人说靠女人！呵，他在纽约那可是豪掷千金的高富帅，对女人向来大方，何曾被人暗讽过吃软饭这么难听的话。

　　他踢了踢铁桶："这些鱼我也有参与捕捞。"

　　牛大爷看了看铁桶，目光落在一桶虾上："这虾不错。"

"那虾你拿去，抵一些修船费。"池故渊说道。

　　牛大爷拎起铁桶，掂了掂："应该就抵五块钱吧。"

　　"什么？这么一大桶虾才五块钱？"池故渊几乎要喊了起来。

　　小鱼扯了扯池故渊的袖子："故渊哥哥，这物价在远人岛是正常的，因为每家每户基本都有渔船，所以买海鲜的是少数，也值不了那么多钱。"

　　池故渊再次感到绝望，他现在欠牛大爷五百块的修船费，等于他要卖一百桶才能还清，而且牛大爷还特意给他设了期限，就是他在远人岛的这一个月，如果规定时间内还不清的话，牛大爷将联合船长不让他回美国。

　　处处都被限制着，池故渊忍不住在心里低吼了一声，然后眼睁睁地看着牛大爷拎着那桶虾离开了。

　　之后一个老奶奶走了过来，小鱼看见她连忙兴奋地迎了上去："花婆婆好。"

　　老奶奶低头看了看池故渊面前铁桶里的鱼，和蔼地笑道："这鱼儿看起来挺好。"

　　"五块钱一桶，恕不讲价。"池故渊摆出一副商人的姿态来，只想尽快把这些海鲜都卖出去。

　　花婆婆的笑容顿时僵了僵，小鱼不满地看了眼池故渊："怎么能收花婆婆的钱呢？"

　　"不收钱难不成免费送啊？"池故渊脸色阴沉下来。

　　小鱼扭过头，不想跟他说话，对花婆婆笑道："花婆婆，你要多少，我装你篮子里。"

一旁的陶林也跟着附和，热心肠地将鱼儿倒进花婆婆的竹筐里。

"哎呀，这太不好意思了。"花婆婆笑眯眯地看着小鱼和陶林，"你俩真是好孩子。"她道谢了几声，拎着装满鱼儿的竹筐走了。

池故渊顿时怒火中烧，将空了的铁桶踢翻在地："你们就这样白送是吧？不打算赚钱了吗？难怪十年才存五十块钱！"

他是个商人，最讲究利益，刚刚小鱼和陶林的行为已经完全触碰了他的底线，要知道就算是在经济危机时期，资本家宁可把牛奶倒掉，也不愿意免费分给穷人。

铁桶在地上发出"哐当"清脆的声音，小鱼吓了一跳，她顿了顿，看向池故渊："花婆婆一直很照顾我，就像我的亲人一般，怎么能跟亲人计较钱？"

"是是是，这个岛上的所有人都是你的亲人！那你还卖鱼干吗？干脆全部免费送好了！"池故渊又踢了铁桶一下，怒气冲冲地走开。

小鱼站在原地，看着池故渊离开的身影，心里十分难受。

一旁的陶林将铁桶摆好，安慰小鱼道："池大哥不是我们这个岛上的人，自然不明白我们这样做的缘由。"

池故渊往前走着，他也不知道自己要去哪儿，临近傍晚时分，远处的海水沐浴在夕阳的余晖下，闪烁着浩瀚无际的红光。

他脚上穿着一双拖鞋，走路用力过猛的时候整个脚掌向前直接踩在地面上，皱巴巴的衣服跟衣衫褴褛的乞丐没什么区别，头发也乱糟糟的，跟鸟窝似的。

他感到十分烦躁，这个岛的一切，都让他不爽极了！一想到自己还要在这里待上一个月，他就更加崩溃！

　　路上，他遇见了几个岛民，池故渊一来就成了远人岛的焦点，几乎整个岛上的居民都知道他，岛民们看见他，露出朴素亲切的笑容跟他打招呼，又看看他的脚下，似乎在盯着他的拖鞋看。

　　池故渊心生厌烦，不想见到这里的任何人，径直朝爷爷家走去，打算将自己隔绝起来。

　　他刚迈出一步，突然踩到了一团软乎乎的东西，他低头一看，是一团黑乎乎的不明物，气味很臭。

　　原来刚刚岛民是在提醒他脚下有东西。

　　就在这时，池故渊看到了草丛里一只开心奔跑的狗，后怕地退了几步，又看了眼地上那团东西，反应过来，他忍不住咆哮："这里的人都不拴狗的吗？"

　　池故渊崩溃到极点，一个箭步冲到海边，用海水洗脚，洗完脚和拖鞋后，他回到爷爷的房间，躺在床上，什么事情都不想做，他已经被这里的一切摧残到懒得反抗了。

　　池故渊闭上眼睛，竟不知不觉睡去。再次醒来时，他是被一阵阵提及他名字的声音给吵醒的。

　　"请池故渊速速到灯塔的岗位上，请池故渊速速到灯塔的岗位上……"一直循环重复着。

　　池故渊顺着声音传来的方向望去，发现是从电线杆上绑着的喇叭里发出的，他记得前天爷爷举行葬礼时，这个喇叭也播报过爷爷下葬的消息。

池故渊没想到他守灯塔的事情还要被这样声势浩大地命令，顿时感到郁闷而烦躁。他走下床来，打开门，小鱼正坐在餐桌旁吃着饭，她软糯地说道："故渊哥哥，你终于醒了，赶快吃完晚饭去守灯塔吧。"

每次吵完架，小鱼都像个没事人一样，池故渊都有些怀疑她是不是金鱼的记忆了。

池故渊本想拒绝守塔，但又想到自己已经跟村长约定好了，不能失信，不然他真的很可能走不出这座岛了。

他闷闷地在餐桌前坐下，意外发现晚餐除了海鲜之外，还添了盘麻婆豆腐。

"这是花婆婆送过来的豆腐，她自己亲手做的，你尝尝。"小鱼舀了勺豆腐到池故渊的碗里。

花婆婆虽然拿走了他们的鱼，但送来了她亲手做的豆腐，也算是礼尚往来。池故渊想起自己当时过于激烈的反应，突然心生愧疚。

池故渊尝了口豆腐，味道还真的不错，他又多舀了几勺淋在米饭上，再配上大鱼大虾大蟹，这顿饭吃得十分满足。

吃完晚饭后，小鱼端着碗筷到厨房里："故渊哥哥，你先去守灯塔吧，小鱼洗完碗就来找你。"

池故渊点点头，拿着手电筒走出屋子，朝灯塔的方向走去。喇叭声已经停止，夜晚的远人岛十分寂静，从家家户户透出来的昏黄灯光，照亮了小路。

来到灯塔里，池故渊亮起手电筒，顺着铁皮楼梯来到灯塔的顶楼，他茫然地坐在床上，不知道下一步该做什么。

他一个人处在黑夜中，巨大的孤独感吞噬了他，他不禁想起爷爷来，爷爷是如何耐住寂寞在这个小屋里度过一个又一个漫长的夜？

过了很久，小鱼也上来了，她看着发愣的池故渊，奇怪道："你怎么还没亮起灯塔？"

"我不知道该怎么弄。"池故渊瞥了眼设备间里的柴油发电机，一脸迷惘。

小鱼笑出声来，走进设备间："我来教你吧。"

"在每次开机前，必须要检查柴油机水箱内的冷却水或者防冻液是否加满，如果缺少的话就要……"小鱼耐心地讲解着，一步步示范，然后退到一旁，"故渊哥哥试一次吧。"

池故渊一连操作了好几次，终于在第五次时完全操作正确。

一瞬间，灯塔上的灯亮了起来，直射向远方，像天上的星星落在了海面上，遥远而明亮。

小鱼开心地拍了拍手："故渊哥哥好厉害啊，小鱼可是学了好久才学会的。"

池故渊看着小鱼脸上溢出的雀跃神情，心微微动了一下。不知为何，从她这里得到的鼓励，竟比他在纽约时投了一只节节涨的股票获得的称赞更动听。

小鱼打开屋子的灯，天花板上一颗直垂下来的电灯泡发出暖黄色的光，给屋里的一切镀上了一层朦胧的光辉。

他们在床上并排坐下，望着窗外的海，空气安静了下来，灯塔之上的房间里，安静得可以听到两人的呼吸声。

小鱼从桌子上拿来一个闹钟："这是爷爷的，他每隔一个小时定一次闹钟，防止自己睡着时发电机灭了而不知情。"

一个小时响一次，也就意味着根本没法睡个好觉，得一小时醒一次，池故渊实在是不能理解爷爷对于灯塔的执着："爷爷守灯塔是没工资的吧？"

"守灯塔是池家世代传承下来的，并不是为谁工作，如果要说是为谁效力的话，那便是为了岛民，为了归来的渔船。"小鱼突然眼睛一亮，站了起来，指向窗外，"你看，有渔船归来了。"

池故渊顺着海面望去，几艘渔船亮着灯，闪烁的渔火倒映在水中，仿佛碎碎的银光，他们朝灯光照耀的方向驶来，在灰蒙蒙的雾霭中微微起伏着，远处的夜空中明月高悬，繁星点点，他蓦地想起那句诗来：

月落乌啼霜满天，江枫渔火对愁眠。

池故渊虽然在美国长大，但是父亲对于他的语文从未落下过，他小时候读到这句诗时，脑海里怎么也想象不出这样的意境来。

可是现在，他见到了，虽然和诗里描述的有些出入，虽然不是天刚破晓，也没有乌鸦啼叫，也没有漫天雾气，可是他却突然通过这幅画面感受到了这首诗里的孤单寂寞和忧愁之情。

渔船慢慢地停泊在岸边，渔夫兴高采烈地带着一天的收获互相道别后，往各自的家归去。

"爷爷说，每次看着这些归来的渔夫，便会感到很满足和欣喜。"小鱼轻声说道。

池故渊心里微微一动，刹那间有些动摇了。

"你不回去吗？"池故渊见夜色已深。

小鱼在床上坐下："我陪着你。"

池故渊心里又一动，他在靠背椅上坐下："小鱼，你有想做的职业吗？"

"有啊。"小鱼的眼睛弯成月牙状，"我想守护守灯塔的人，故渊哥哥负责守塔，我负责守护你。"

"你为什么对灯塔的眷恋也这么深？"

"因为是灯塔带我回家的。"

"带你回家？"

小鱼点点头："我曾经在海上漂了五年，是灯塔让爷爷发现了我，带我到远人岛，给了我一个家，所以，如果没有灯塔的话，我不知道自己还会漂到什么时候。"

池故渊听陶林提起过小鱼完整的身世，她在五岁那年跟随父母坐船遭遇海难，只有她一个人活了下来，被海豚救起，她在一块木板上漂着，去了一个荒无人烟的小岛，经常下海捕鱼，林间摘果，过了五年与世隔绝的野人般的生活。

直到有一天，她突然想离小岛越远越好，便一头钻进了大海里，从白天游到黑夜，然后看到了灯塔，被爷爷发现。

爷爷将她带回家后，耐心地教她识字说话，终于将她培养成了一个正常的人类。而小鱼因为长相甜美性格单纯，很受岛民们的喜欢，她很快融入岛上的生活。岛民们看到小鱼的水性很好，甚至还能跟鱼儿对话，都亲切地称呼她为"小美人鱼"。

一个人在海上漂了五年……

池故渊不敢想象那种被世界遗忘的孤独，如果自己不能够闪闪发光地被人们看到，那活着还有什么意义呢？仅仅是如蝼蚁般的生存罢了。

"所以，我很感谢灯塔，感谢爷爷，爷爷走了，我会代替他一直守着灯塔的，我希望每个人，都能因为灯塔而找到回家的方向。"小鱼继续说道。

池故渊转头看她，她一褐一蓝的异瞳在灯光下微微闪着光，美得宛如暗夜的精灵。

"故渊哥哥，你也躺到床上来吧。"小鱼见池故渊坐在椅子上打盹，眼睛半阖着时不时地点头，这样的睡姿应该很不舒服。

房间里只有一张床，池故渊摇摇头："不用了。"

毕竟男女有别，躺一张床上不太好……

"小鱼不介意的。"小鱼往墙旁挪了挪，一旁空出很大的位置来。

"你就不怕我对你做什么吗？"池故渊挑了挑眉。

"你是爷爷的孙子，也是小鱼的哥哥。"小鱼嘻嘻笑道。

池故渊爬上了床，突然使坏地靠近小鱼。

小鱼挪了挪身子，被逼到了墙角，眨着美丽的异瞳看着他，双眼澄澈干净。

池故渊将一只手撑在墙上，看着小鱼，嘴角浮出一丝邪魅的笑容："可是我们没有血缘关系啊。"

小鱼睁大了眼睛，显得越发无辜和楚楚可怜，她的小嘴微张，粉嘟嘟的好似一朵含苞待放的花蕾，让人忍不住想要亲两口。

　　池故渊的脸慢慢贴近小鱼，小鱼呆愣着背靠在墙上，一动不动。

　　就在这时，十二点整的闹钟响起，"丁零零"的声音打破了刚刚静谧而暧昧的氛围。

　　池故渊退了回来，抓起桌子上的闹钟，关掉，然后平静地躺在床上，闭上眼睛，好像刚刚什么事情也没发生。

　　一旁的小鱼如惊弓之鸟般呆愣着，过了很久才慢慢反应过来，僵着的身子终于放松了下来，她看向似乎睡着了的池故渊，小心翼翼地扯了毛毯的一角，躺在床上。

　　小鱼将毯子盖过嘴巴和鼻子，只露出一双大眼睛，直直地盯着天花板上垂挂的灯泡，心"扑通扑通"地跳个不停。

　　一个小时后，一点的闹钟响起，池故渊被吵醒，但很快听见闹钟被关掉的声音，他又迷迷糊糊地继续睡着了。

　　两点，三点，四点……每隔一个小时，池故渊都被闹钟叫醒一次，但不用等他清醒过来，闹钟就被摁掉了。等他最后一次被闹钟惊醒时，窗外天已经蒙蒙亮，小鱼关掉闹钟的同时，也将发电机关了，灯塔的灯灭了下来。

　　池故渊看了眼闹钟上的时间，已经五点了，这么说，从一点到五点，一共响过五次闹钟，都是小鱼起来帮他关掉的。

　　明明是他来守灯塔，小鱼却替他做了监守的工作一晚上没睡，他心里顿时满怀歉意。

　　小鱼正坐在椅子上，双手托着下巴，盯着窗外看，她的背影沐浴在清晨的阳光中，美得恍若画中人。

池故渊挪到床边，来到她身后。

小鱼听到动静转过头来，看着池故渊甜甜一笑："故渊哥哥，你醒了？"

"嗯。"池故渊点点头。

小鱼明明一夜没睡，精神状态却很饱满，她说完又继续转头看向窗外。

远处的海平面上，一轮红日正在冉冉升起，四周霞光尽染无余，辽阔无垠的大海布满了耀眼的金光，太阳仿佛一个身着华丽嫁衣的女子，摇曳着光芒万丈的裙摆落在水面上，上面缀着亮晶晶的珍珠，她每向天空走一步，朝霞就更红一分。

池故渊不是没见过日出，他在曼哈顿的大厦里，每天清晨也能看到破晓的天空，绚烂的日出和朝霞从自由女神像的身后快速掠过，染红了纽约的高楼。

那时候，太阳对于池故渊而言只是一种时间上的概念，新的一天，城市里的人又开始像上了发条快速运转的机器人，街道上车水马龙，人们迎着朝阳神色匆匆地前行，又在日落时留下一抹落寞而疲倦的身影。

而在远人岛看日出，是一种享受，他第一次意识到日出是大自然的杰作，而不是鞭策和催促着他要不断努力过好这一天的提示。

池故渊深深地呼吸了口新鲜空气，第一次觉得原来人生也可以如此惬意安然。

池故渊和小鱼从灯塔上下来，走在海边，遇见正在修船的牛大爷，小鱼连忙走了过去："牛爷爷，需要我们帮忙吗？"

　　牛大爷看了小鱼身后的池故渊一眼，毫不客气地指挥道："你帮我把这块木板钉上去。"说着扔过来木板和钉子。

　　"帮你修补的话可以抵多少钱？"池故渊瞬间切换到商人思维。

　　牛大爷似有些惊讶地看了一眼池故渊，早就听池大爷说他这个孙子跟他儿子一样，在美国沾染了一身铜臭味，他忍不住想替池大爷好好磨炼池故渊的性子一番："五块钱一个小时。"

　　"什么？"池故渊大喊道，这劳动力未免也太廉价了吧？要知道他在美国的话，一个小时哪怕是去高校做场演讲，都能拿到一万美金的出场费。

　　"不愿意做就算了。"牛大爷一副鄙夷的表情。

　　"做就做，谁怕谁！"起码这样干活比卖鱼容易多了。

　　池故渊原以为自己能够做个四五个小时，但才干了一个小时，他就已经精疲力竭了，被牛大爷各种使唤，敲着钉子的手臂酸胀不已，加上还没吃早餐，早已是饥肠辘辘，他硬着头皮又干了一个小时。

　　池故渊腰酸背痛地回到爷爷的小木屋，一进门，便闻到香喷喷的饭菜味。小鱼正在往碗里盛米饭，见到池故渊眼睛一亮，甜甜地笑道："故渊哥哥饿了吧，赶快来吃饭。"

　　原来小鱼中途离开是回家给他做饭了。

　　池故渊在餐桌前坐下，埋头狼吞虎咽地吃了起来，待肚子里有三分饱时，他吃饭的速度才放慢了些。

　　小鱼又盛了碗鱼汤递过来，动作十分自然顺手。

池故渊恍然间有种结了婚的感觉，他辛苦劳作回到家，等待他的是美味可口的饭菜和贤惠善良的妻子。

如果自己一个月后回到美国，小鱼的生活又会变成什么样子呢？但是池故渊转念又一想，小鱼已经在这个岛上生活了十年，和岛民们相处得很融洽，即便自己离开，小鱼的生活也不会发生很大的改变吧？自己不过是她生命中的一个过客而已。

想到这里，池故渊便放心了许多。

池故渊在卫生间里找到爷爷的剃须刀，竟是手动的，他别扭地抹了些泡沫，然后刮起胡子来。

这两天，他的嘴巴周围冒出不少青色的胡楂，不修边幅的头发和衣服，实在是糟蹋了他这副好面孔，曾被《时代周刊》选入全球最性感的精英男士的池故渊，怎么也不会想到自己有一天会落魄和邋遢到这个地步。

池故渊洗了把脸，用水把头发往上梳了梳，他的刘海有些长，平日里都是用啫喱水和发胶固定好，一放下来便会遮住眼睛。

"小鱼，家里有发胶吗？"池故渊大声问道。

很快小鱼的声音从厨房里传来，她一边洗碗一边回答："我跟爷爷都不用，不过汤叔叔那里有卖。"

小鱼带着池故渊来到汤叔叔的小卖铺，一个看上去和小鱼年龄相仿的女生正坐在柜子前看电视，她扎着两个小辫子，穿着一身碎花裙，一双白皙的小腿晃呀晃的。

"她是汤叔叔的女儿汤娅茹。"小鱼介绍道。

汤娅茹见到池故渊，顿时两眼放光："你是从美国来的那个哥哥？"

池故渊点点头。小卖铺并不大，只有三层架子，他很快就扫到了架子最后一排的欧莱雅发胶，他拿起来一看，竟是"欧来雅"，而旁边摆放的洗发水沐浴露则是"海菲丝""滋生堂"等山寨牌子。

有得用就不错了，池故渊已经管不了那么多了，将发胶摆放到前台的柜子上。

汤娅茹看了眼发胶的价格："二十块。"

小鱼从口袋里掏出一沓皱巴巴的一元和五元人民币，数着。

池故渊看得心酸，这可是小鱼攒了十年的五十块钱，去掉他昨天卖掉的一桶鱼加上今天修船的工资，抵销了十五块，他现在还欠着牛大爷四百八十五块，怎么好意思又让小鱼掏二十块帮他买发胶。

池故渊犹豫了会儿，挡住小鱼的手："我不要发胶了。"他怎么也不会想到挥金如土的自己有一天竟会穷到连一瓶发胶都买不起！

池故渊正要将发胶放回原位，汤娅茹突然说道："发胶送给你。"

池故渊从不相信天上掉馅饼，反问道："有条件的吧？"

汤娅茹点点头，看看四周，确认她爸爸不在后，贴到池故渊的耳边小声说道："我要你带我去美国。"

"你想去美国？"

"对啊！"汤娅茹指着电视，"我想成为家喻户晓的明星，我听说美国有好莱坞，那里是造梦的地方！"

眼前的女孩子虽然长相秀气，但是距离明星的形象和气质相去甚远，池故渊不想打击她的热情，问道："你会说英语吗？"

"No problem！"

"……"

这别扭的口音，池故渊迟钝了三秒才反应过来她想表达的意思是"没问题"。

"我不能带你去美国，我不是你的监护人，也负责不了你的人生。"池故渊认真地对汤娅茹说道。

汤娅茹顿时蔫了下来，突然她的脑袋灵光一现，满眼兴奋："那我嫁给你不就好了。"

"……"

池故渊连忙拉着小鱼离开，不再去想发胶的事情。

路上，小鱼"扑哧"笑出声来："你可是娅茹第一个想嫁的人呢。"

"是吗？"

"对啊，娅茹眼光很高的，她想成为大明星，所以觉得只有明星才配得上他。"

"那你不想成为明星吗？不想成为光鲜亮丽的人物，过光鲜亮丽的日子，被世人所瞻仰和艳羡吗？"池故渊问小鱼。

小鱼摇摇头："美丽的背后都是有代价的，我对成为明星不感兴趣，也吃不了那份苦，我现在的生活就过得很好。"

池故渊觉得自己完全无法动摇小鱼的想法，只得作罢。他突然有些想带小鱼去美国，带她看看那繁华的都市，带她体验那些她从未体验过的奢华与美妙，看看她到最后是否还会坚守这份初心？

池故渊和小鱼仍像昨天一样去找陶林出海捕鱼，小鱼又准备一头钻进海里，她回头问池故渊："故渊哥哥，要不要跟我一起下海？"

　　"坚、决、不、要。"池故渊一看到海水就发怵，没晕船已经是万幸，怎么可能还想着去海里折磨自己。

　　"你要是不会游泳的话，落水了总不能就靠救生衣吧？"小鱼甜甜一笑，"要不小鱼教你游泳？"

　　池故渊再次摇头，他一个月后就要回美国了，回到那块让他觉得无比安全的北美洲大陆，回到万丈平地起的高楼大厦，离大海远远的，根本不需要学会游泳。

　　"那好吧。"小鱼撇撇嘴，一头扎进海里。

　　"海里那么美，你看不到真是太可惜了。"陶林惋惜地说道，紧跟着小鱼钻进了海里，不见踪影。

　　渔船上再次只剩下池故渊一个人，他闭上眼睛，阳光照耀在他的脸庞上，海风拂过，他恍然间有种在度假的惬意感。

　　来到远人岛之后，池故渊有大把空闲的时间放空自己，他不再感到焦虑和紧迫，那曾在金字塔顶尖如履薄冰的生活，那曾高处不胜寒、茕茕孑立的孤独感，来到这个小岛之后一切似乎都变得很遥远了，他除了迫切想要离开之外，开始关心一日三餐，关心大海，关心睡眠，关心他曾觉得微不足道的东西。

　　过了很久，小鱼从海里钻出来了。她带来一个很大的海螺，坚硬而精致，带着光亮的色泽。

　　"故渊哥哥，这个送给你。"小鱼将海螺放在池故渊的耳边，里面传来嗡嗡的声音，"你听，有海的声音。"

"这个声音不是来自大海，是来自共振，也就是白噪音在里面的不断反射，通过共振放大，你就算拿暖水壶或者水杯，也能听到这样的声音。"池故渊一本正经地给小鱼讲解起其中的原理来。

小鱼听得懵懵懂懂："但是小鱼相信，这就是大海储存在里面的声音。"

池故渊见小鱼似乎有些不高兴，拿过海螺。

"这个礼物我收下了，谢谢啊。"他将海螺放进衣服上缝着的宽大兜里。

小鱼的脸上这才绽放出率真的笑容，眼里闪着灵动的光。

这一天下来他们只卖出了两桶海鲜，池故渊不免有些着急，照这样下去，他根本很难靠卖鱼还清牛大爷修补渔船的钱。

晚上池故渊和小鱼去守灯塔，陶林给他们带来了些陶姨制作的小鱼干和鱿鱼丝当零食。

陶林离开的时候，想让小鱼跟他顺路回家，小鱼却摇头说道："我要留在这里跟故渊哥哥一起守灯塔。"

"待一整晚吗？"陶林问。

小鱼点点头："昨晚我也是陪故渊哥哥在这里待了一晚上。"

陶林的脸色变了变，看了眼池故渊，又看了看小鱼，闷闷地走了。

小鱼从一旁的书架上拿了本书看着。池故渊瞥了眼，竟是童话故事《海的女儿》。

"你都多大个人了，还读这么幼稚的童话？"池故渊忍不住挖苦了一句，去看书架上的书，除了一些小说外，还有《孙子兵法》《资治通鉴》等书籍。

"故渊哥哥，爱情真的是让人很痛苦的东西吗？"小鱼正看到最后一页，小美人鱼变成泡沫的那段，她每次读到这里时，都会替小美人鱼感到悲伤，觉得这样的爱情实在是不值得倾其所有，弃生命于不顾。

"嗯，爱情是个很极端的东西，热恋的时候仿佛活在梦里，失恋的时候跟坠入地狱没什么区别。"正是知道爱情是夏娃和亚当偷吃的禁果，所以池故渊从来不碰真正的爱情，他总是理智地克制自己，对于身边来来去去的女人永远不会投入太多，点到为止，将爱情看作一场游戏，始终占据着主导权。

他也坚信那些在分开后哭得死去活来的女人，不过是因为失去了志在必得的他，失去了原本可以抓住的他附带的那些金钱、权力和地位，所以他不会怜悯，只觉得假惺惺。

商场上无情如他，在爱情中也是一样冷漠。

"那故渊哥哥拥有过爱情吗？"小鱼又问。

"没有。"池故渊毫不犹豫地答道。那些交往过的女人，不过是因为长相、身材恰好在那个阶段符合他的品位罢了，或者是，她们能够促进他达成商业合作。

而对于绝大部分女人来说，如果要在嫁给爱情和金钱里二选一，一定是选择金钱的。那些口口声称自己嫁给爱情的女人，不过是因为没有机会嫁给金钱罢了，只好假装嫁给了爱情。

毕竟爱情可以装作正在拥有或者曾经有过，但金钱却是伪装不出来的。

池故渊看透了男女之间相处的各取所需，便越发觉得真心追求爱情是一件十分愚蠢可笑的事情。

"小鱼也没有拥有过，但小鱼相信，有一天，会遇见爱情的。"

"那个叫陶林的，不是喜欢你吗？"池故渊倒觉得陶林和小鱼挺配的，都在远人岛长大，有相似的环境背景，而且陶林似乎对小鱼怀揣着不一样的情愫。

"陶林只是把小鱼当妹妹一样看。"小鱼完全不知道陶林对自己的喜欢。

"那你喜欢他吗？"池故渊随口一问。

小鱼摇头："他对于小鱼来说，也只是哥哥。"

不知为何，池故渊听到这话，竟有些欣喜。

池故渊不好意思再让小鱼像昨晚一样帮他定闹钟守灯塔，便极力保持清醒，他下意识地去摸自己的口袋想掏手机，但只摸到那个海螺。

他惊讶地发觉，原来自己已经断网三天了。曾经他是个手机不离手的人，短信上和邮箱里总有回不完的信息和处理不完的工作，如今他却仿佛抛弃了那一切一般，完完全全地离开了手机。

他在想，他不在纽约的这些日子里，会不会因为他的消失而发生翻天覆地的变化？父亲和 Adele 是不是正在焦头烂额地接手着他留下的工作？

"故渊哥哥，小鱼带你去个地方。"小鱼见池故渊百无聊赖地坐在椅子上看着《孙子兵法》，想为他解解闷。

池故渊一听说可以暂时离开这个沉闷的灯塔，顿时喜上眉梢。他跟着小鱼来到海边的一处溶洞，洞口有许多裸露出来的礁石，一层层的海浪漫进洞里，白色的浪花仿佛少女的裙摆。

小鱼脱下草鞋摆在一旁，光着脚丫踩在海水里。

池故渊则踩在礁石上，他的脚上穿着爷爷的超大码夹趾拖鞋，每走一步，整个脚掌都向前滑出一大半，硌在石头上有些疼。

小鱼举着手电筒往前走，洞口里冒出了点点荧光，忽前忽后，时高时低，池故渊又走了几步，才看清那是萤火虫。原本萤火虫只在夏季炎热的时候才会出现，但这个溶洞的地理位置和气温很特殊，一年四季都能看到萤火虫。

"你等我一下。"小鱼的声音在洞里显得尤其清亮，她很快拖来一艘竹筏，坐了上去。

池故渊跟着坐上竹筏，小鱼撑着竹筏往前走，萤火虫越来越多，像繁星般缀满整个山洞，发着蓝色的荧光，四周是形形色色的钟乳石，仿佛一排排竖琴，从头顶滴落下来的水滴声和洞口海浪冲刷礁石的声音汇成了一曲美妙的交响乐。

这样璀璨的景象，是城市的辉煌灯火无法比拟的，池故渊不由得有些看呆了。

"这个地方是小鱼发现的。"小鱼轻声说道。

竹筏停在水中央，池故渊看着映照在蓝光中的小鱼，美得令人窒息，他的心脏倏地漏了一拍。

"故渊哥哥，虽然我不知道美国有多美，但是我希望，你也能

爱上远人岛，这里的一切，都值得你去喜欢。"小鱼抿嘴一笑，笑
容甜美，一双一褐一蓝的眼睛在幽蓝的荧光里仿佛两颗无比耀眼的
宝石。

　　池故渊的心，又动摇了一下。

## 第三章

## 我吃醋了，怎么都哄不好的那种

　　接下来的几天，远人岛一连刮了好几阵大风，海上的状况也不是很好，岸边停泊的船常常被吹得东倒西歪的，出海的渔船也很少。

　　池故渊已经渐渐适应了白天跟随小鱼和陶林出海捕鱼、去牛大爷那里修船，晚上和小鱼一起守灯塔的日子，但他仍清楚地记得来到这里的日子是 4 月 18 日，而他离开的日期是 5 月 18 日，他几乎是一天天数着日子过来的。

这天晚上，池故渊和小鱼仍守着灯塔，海上波涛汹涌，浪花似雪崩在海面上重重叠叠，卷起巨大的漩涡。

小鱼担忧地看着窗外："希望所有渔船都能平安归来。"

一抹红色的灯火忽然出现在海中央，隐隐约约，红灯离岸边越来越近，跟随着翻涌的海浪起起伏伏。

池故渊看着那艘隐没在海浪中的渔船，隐隐感到不安。

突然，那抹灯火熄灭了，海上看不到任何渔船的影子，仿佛刚刚的一切只是幻觉。

"我得下去看看。"小鱼着急地往灯塔楼下走去。

池故渊连忙跟在她身后。

小鱼跑到了岸边，就要往海水里走去。池故渊拉住她："不行，你这样太危险了！"

"放心吧，我水性很好，不会有问题的。"

"每个溺水的人都是这么说的。"池故渊抓着小鱼的手，不肯放开，风把小鱼蓝色的裙子吹了起来，宛如海上翻滚的浪花。

雨水一滴滴地落下来，小鱼抬头看天，直接甩开池故渊的手，朝海里跑去："来不及了！"

池故渊往前走了几步，在海浪拍打到脚上时，他突然退缩了，他怕海，怕到了极点，海就像一头凶猛的野兽，嘶吼着，咆哮着，恨不得将陆地上的每个人都卷入自己的肚子中。

可是小鱼该怎么办？池故渊望着小鱼逐渐消失在海中的背影，

感到无能为力。

雨下得越来越大，噼里啪啦地打在他的身上，他站在雨中感到十分茫然，明明他跟小鱼认识相处不过一个星期，他此刻却无比害怕失去她。

他的心疼痛着、揪着、窒息着，却找不到宣泄口。

如果小鱼就这么一去不复返了，他会愧疚一辈子吧？明明不关他的事，明明不是他的错。

就在这时，池故渊看到了一抹蓝色的影子，在海里沉浮着，他脸上顿时溢出明耀的欢喜来。

小鱼奋力游到岸边，身后拽着一个中年男人。

池故渊看到小鱼安全归来，松了口气，往前走了几步踩到水里，帮小鱼将那个中年男人拖上岸。

小鱼一脸焦灼地帮中年男人做着心肺复苏，池故渊在一旁看着，他已经分不清她脸上究竟是雨水还是海水了。

中年男人慢慢醒了过来，吐出几口海水。

"汤叔叔。"小鱼惊喜地叫了声。

"看来心脏病又犯了啊。"汤叔叔从地上坐起来，他刚刚突然在船上晕了过去，如果不是小鱼及时救他，他可能会跟着船漂走，随时都有生命危险。

很快陆陆续续有渔船归来，并顺便把汤叔叔的船也带了回来。

"小鱼又救了我一命。"汤叔叔对归来的渔民们说道。

渔民们直夸小鱼人美心善。

小鱼从渔民那里借来伞，和池故渊两人撑着同一把伞回家里换衣服。屋子里，池故渊始终沉着脸，紧蹙着眉："你以后不要再做这么危险的事情了。"

"可是如果我不做的话，汤叔叔就会有危险。"

"但你能不能先考虑下自己的人身安全，万一真的被海浪冲走了怎么办？"池故渊发起火来。

小鱼不知道池故渊究竟在生气什么，嘻嘻笑道："放心吧，小鱼水性很好，一个人在海上漂了五年呢，大海就像我的第二个家，不会有危险的。"

池故渊发现跟她讲不通道理，恼怒地红着脸，甩门而去。

"你还没换衣服呢！"小鱼连忙追了出来，但池故渊已经消失在大雨中了。

小鱼也顾不得那么多，拿起伞就冲进大雨里，跟在池故渊的身后，路上到处坑坑洼洼的，泥水溅湿了她的裙摆。

"故渊哥哥，你等一下！"小鱼叫住他。

池故渊顿了顿，停下脚步，转过身来。

小鱼没料到池故渊会突然转身，她跑得太急，直接撞到池故渊的胸膛，蓝色的雨伞从手上脱落。

"故渊哥哥，你怎么了？"小鱼弄不懂池故渊为何生气。

"你就不能多爱自己一点吗？"

不管是守灯塔、平日里帮助别人，还是这次奋不顾身去救人，小鱼好像总是怀着一颗十分热忱的心，将其他人放在第一位。她守灯塔是想带人回家，她帮助人是将对方看作亲人一般，她救别人时也不会考虑自己会不会出什么危险。

这样过于无私和善良的性格，让池故渊感到生气，难道爷爷从来没有教过小鱼爱人时要先爱己吗？也是，爷爷都能守灯塔一辈子，早就将别人的幸福和快乐看作人生的全部，怎么可能考虑过自己的？

　　这样的无私，恰恰是自私，不管不顾，却伤害了最亲近的人。正是因为不关心自己，才会让身边人着急；正是爷爷守护灯塔的执念，即便爸爸已经在美国安家了，爷爷还要用一份遗嘱和一个约定将他拴在这里。

　　"你们太自私了。"池故渊一字一顿地说道，推开小鱼。

　　小鱼还想跟上来，却被池故渊大声喝止："别再跟着我！我讨厌你！"然后转身朝前走去。

　　小鱼站在雨中，茫然地看着池故渊的背影，泪水顺着她的眼角滑落了下来，与雨水混合在一起。

　　池故渊心乱如麻，他的脑海里只有一个念头，只要到了 5 月 18号，他就离开这里，永远地离开，他再也不想去关心小鱼、关心岛民了。

　　守着这个破灯塔，已经是他最后的底线。

　　池故渊拖着湿漉漉的身子回到灯塔里，冷得直哆嗦，开始有些后悔自己干吗这么意气用事。他向来不是个冲动的人，做任何事情前都会权衡再三，可是刚才他却像个青春期的大男孩，淋着雨跟一个女生说"我讨厌你"。

　　真的很幼稚。

这样看似很酷的下场就是他现在冻得牙齿直打战。

池故渊拧着衣服上的雨水，想着小鱼今晚应该是不会来灯塔了，便打算将衣服脱掉晾在一旁，然后钻进被窝里躺着。

池故渊刚脱掉上衣，突然房间的铁门"咯吱"一声被打开了。

他转过身去，看到小鱼正提着个塑料袋，拿着把雨伞站在门口。

池故渊突然心脏直跳到了嗓子眼，他看着小鱼那双美丽的眼睛，顿时脸上一阵炽热，反应过来后连忙"砰"地甩手将铁门关上。

小鱼被吓了一跳，向后退了一步。

池故渊冷静了一会儿，因为尴尬，喉咙里发出的声音有些含混不清："你……"

他还没说完，就听见铁门之外的小鱼说道："我给你带来了干的衣服，你换上吧。"随后是下楼的脚步声。

池故渊打开门，见地上放着个透明塑料袋，他往前走了几步，走到楼梯口，那抹蓝色的身影在一个拐弯处消失了。

池故渊想喊住小鱼，可是喉咙干涩什么声音也发不出。他茫然地站了一会儿，退了回来，拿起地上的塑料袋。

塑料袋虽然沾了些水，里面的衣服却是干的。

池故渊心里一阵感动，小鱼的性格真是好到令他又气又怜，他换好衣服后躺到床上，十点的闹钟响起，他按掉，然后定了十一点的闹钟。

池故渊每隔一个小时醒来一次，被凌晨两点的闹钟吵醒后他整个人完全清醒了过来，再无睡意。他看着空荡荡的屋子，没了小鱼在身边，巨大的孤独感吞噬了他。

以前他在自己的公寓突然醒来，也会有这样的孤独感，那时候他总是用工作来转移注意力，现在他只能独自忍受着这份孤独，与黑暗做无声的对峙。

池故渊心烦意乱地打开窗子，坐到窗旁。风已经小了许多，雨也停了，海上风平浪静，仿佛刚刚那场狂风巨浪是很遥远的事情了。

他回到床上，从书架上随便取了一本书，突然，一本厚厚的笔记本跟着掉了出来，他打开一看，应该是爷爷的日记，上面密密麻麻地记载着守塔的情况。

池故渊翻了几页，通过字迹就能看出爷爷对这份职业有多么热忱。他随意地往后翻了翻，发现后半部分的字是倒过来的，记录的则是爷爷的心情。

上面详细地记录了三十年前，池故渊的父亲是如何毅然决然地离开远人岛，以及父亲走后，爷爷对他的思念之情。这份思念，爷爷从未亲口跟父亲说过，而是记在了这盛着满腹心事的笔记本里，无法与人诉说。

池故渊不由得有些动容，记忆中，他从未听父亲提起过爷爷，或许是早已抱着一刀两断的决心吧，可是天底下哪有父母不牵挂自己的孩子？爷爷一直在等父亲回来，可是等到走的那一天，也没能等到。

池故渊将笔记本放回原位，蓦地发现书架上满满的一排，都是同样的笔记本。他借着昏黄的灯光一本本地读着，像是在读一本关于老人和灯塔的人生传记。

老人如何用尽一生，守着灯塔，守着这份带人回家的希望，自己的家却闹得支离破碎，妻子不理解他的做法，留下年幼的孩子，与他离了婚远嫁到陆地上，后来儿子长大成人，也抑制不住想要离开远人岛的蠢蠢欲动的心，一走就是三十年，这三十年里，老人从未见过儿子和孙子一面，实在是令人唏嘘不已……

池故渊再抬起头时，发现天已经亮了，他放下还未读完的日记，将设备间里的柴油发电机关了，然后躺回床上继续看日记，看着看着，眼皮子不觉开始打架，沉沉地睡去。

池故渊在梦里见到了一位男人，以及他与灯塔的一生：

父亲母亲都是守塔人，他在灯塔出生，呱呱落地时第一声清脆的啼哭是从灯塔里传出来的。

他在灯塔长大，数着海上归来的渔船学会了算术，书架上的空位被一本本书填满。

在他十岁那年，他的父亲母亲为了抢救一艘补给船，被海浪卷走了，再也没回来。他就这样继承了父母的职业，成为最小的一任守塔人，二十年里守着灯塔无怨无悔。

在他三十岁的时候，岛上来了个十分漂亮的女人，他们一见钟情，在浪漫的海边星空约会，在灯塔前许诺相守一生。可是女人很快厌倦了守塔人枯燥的生活，她的心仍在陆地上，仍在那花花绿绿的世界中。他们孩子出生的第二年，女人头也不回地离开了这座岛，改嫁他人。

他含辛茹苦地抚养着孩子，从小就告诉孩子守塔人的使命，可是孩子和他的母亲很像，都向往更大更好的世界，后来孩子乘上一艘出海的客船，再也没有回来。

又一晃三十年过去了，他成了花甲老人，在这些漫长的岁月里，他终日与灯塔为伴，从未再见过孩子一面，他都是从别人那里得知孩子的消息。当他得知自己还有个孙子时，他感到无比欣喜，可是他没有想到，他一生都没能见到孙子……

泪水从池故渊的眼角滑落，他慢慢地睁开眼，猛然发觉自己梦见了爷爷的一生。

池故渊在房间里待了会儿，走出灯塔，已是正午时分了，太阳炽热地烤着大地，他的影子被缩成很小的一团。

他回到爷爷家，走到门口时，突然有些犹豫，不知道该如何面对小鱼。

院子里的母鸡见到他一直"咯咯"叫个不停，池故渊听得心烦，索性推开没有完全关上的门，走了进去。

厨房里传来炒菜的声音，池故渊歪头瞥了一眼，看到了小鱼娇小的身影。他抿抿嘴，正思索着如何开口跟小鱼说话时，突然看到客厅桌子上摆放着的一瓶崭新的发胶，正是他在小卖铺里看到的那瓶"欧来雅"。

小鱼端着饭菜从厨房里走出来，看到池故渊甜甜一笑："故渊哥哥，你回来了？"

她又像个没事人一样，池故渊向来是个吃软不吃硬的人，他怔了一下，问小鱼："这瓶发胶是怎么回事？"

"汤叔叔给我的。"

"他怎么会给你这个？"

"我昨天救了汤叔叔一命，他说什么都要感谢我，让我从他的店里挑一样东西。"

"然后你就拿了发胶？"

"嗯。"小鱼点头，"小鱼没什么需要的东西。"

池故渊又一愣，心里微微一动。他的喉头滚动了下，声音喑哑："小鱼，你不用对我这么好。"他只是路过，只是在她漫长的人生里短暂地停留一个月而已，她却掏心掏肺地对他好。

小鱼的眼眶突然红了起来："我还以为是我做得不够好，你才会讨厌我。"

池故渊微微愕然，慌忙解释："不是！昨晚我不该那么说你的，对不起，我不是讨厌你，只是太担心你了。"

小鱼的表情瞬间从悲伤转为欢喜："故渊哥哥担心我？"

是真话，但不知为何承认起来有些难，池故渊扭捏地"嗯"了一声，去看小鱼。小鱼睁大眼睛看着他，一蓝一褐的异瞳清澈无比，他心跳突然加速起来，竟有些手足无措。

"小鱼！"陶林的声音突然从外面传来。

小鱼和池故渊同时收回目光，去看陶林。

陶林看到池故渊，叫了声"池大哥"，然后开始说正事："村长让我来通知，珍珠节在下周日举办。"

"珍珠节？"池故渊感到好奇。

"这是远人岛的一个节日，每年都会举办，每户人家都得参与，要么做后勤工作，要么派人参加比赛，最后评选出一位'珍珠王'，可以获得三百块钱的奖金。"小鱼解释道。

"三百块钱？"池故渊想不到自己有一天听到三百块钱会激动

得差点儿跳起来，现在三百块钱于他而言，可以还清欠牛大爷一半多的债务。

他连忙问道："比赛项目是什么？"

"游泳、皮划艇、冲浪……"

池故渊打断陶林的话："怎么都是跟水有关？没有在陆地上的吗？"

陶林摇头："珍珠节所有比赛项目都是在水上进行的。"

池故渊听得头疼，打算放弃，但又舍不得那笔奖金。

"除了冠军，第二名、第三名分别能得到两百块和一百块，其他没有得奖的参赛者也能得到十块钱的补贴。"小鱼知道池故渊怕水，"故渊哥哥，小鱼可以教你游泳，距离珍珠节还有一个星期，你肯定能学会。"

池故渊连连摇头，万一溺死了，就真的得不偿失了。

下午，池故渊照例去牛大爷那里修船，牛大爷使劲催促他："俺还要用这船参加珍珠节比赛呢，你快点修好！"

池故渊深深体会到了被资本家剥削的无产阶级的辛酸，只能抓紧埋头苦干。

"珍珠节你参加什么比赛？"牛大爷问。

"什么都不参加。"

"啊……身强力壮的，怎么不参加？"

"我不会游泳。"池故渊坦诚地说道。

牛大爷顿时鄙视起来："你爷爷可是拿过好多届珍珠节的游泳

冠军哩，你作为他的孙子怎么这般不中用？"

看来在远人岛，不会游泳是件十分丢脸的事情，池故渊虽然有些动摇，但一想到溺水时的窒息感，又恐惧了。

他从小到大什么都不怕，不怕人心，不怕鬼，偏偏怕水，这是他唯一的弱点。

珍珠节要举办三天，这三天里所有渔船都拿来公用不出海捕鱼，等于池故渊没有了经济来源，没有经济来源就无法偿还牛大爷的债务。他一筹莫展，一边修着渔船，一边跟牛大爷讨价还价，但牛大爷压根儿不吃他这套，还说他再打歪主意的话就要加利息。

小鱼和陶林送了些糕点过来，池故渊坐在石头上吃着，觉得此刻灰头土脸的自己像极了时代广场午夜蹲在垃圾桶旁进食的流浪汉，他一阵心塞，暗暗想着等他离开这里，绝不再跟任何岛民有联系，他要将这段黑历史彻底封存。

"我想念小海了。"小鱼忽然说道。

"小海？"池故渊看小鱼。

"小海是个很可爱的男生。"小鱼甜甜一笑。

男生？池故渊更加好奇了："他多大？"

"已经二十岁了。"

一旁的陶林提议："那要不我们今天去看看小海吧？"

"好啊。"小鱼兴奋地点点头。

池故渊突然感到手中的糕点不香了，他站起身来，拍拍落在衣服上的糕点屑："我也要去。"

小鱼感到为难："小海住在另一座岛上，开船过去要三个小时，天快黑了，你得留下来守灯塔，我和陶大哥回来的时候才能找到方向。"

池故渊有些生气，沉下脸，闷声说道："那你们去吧。"

"我今天先去看看小海，改天再带你去。"小鱼笑笑，和陶林一起离开了。

"那个叫小海的，很帅吗？"池故渊原以为小鱼身边玩得要好的同龄异性只有陶林一个，没想到现在又冒出来一个叫什么小海的，这个名字一听就是小名，用小名称呼对方，而且还值得小鱼花三个小时去见他，可见关系不一般。

牛大爷似乎看出池故渊的心思，笑笑："不光很帅，游泳比小鱼还厉害。"末了，他又补充了一句，"这个岛上的女孩子都喜欢游泳好的，这样比较有安全感，而且小海还救过小鱼，所以对于她来说很特别。"

牛大爷问："你是不是吃醋了？"

"才没有！"池故渊黑着脸继续修补渔船。

池故渊回到爷爷家，小鱼已经离开了，给他留了晚饭，他加热后吃着，明明肚子饿得要命，却一点食欲都没有，他随便扒了几口，便去守灯塔了。

池故渊刚亮起灯塔的灯，突然又熄灭了，他去检查发电机，发电机出了点故障，他三两下便修理好了，现在他已经能够熟练地操控灯塔了。

他坐到床上，拿了爷爷的日记本看着，却怎么也看不进去。他来到窗边，眺望着海面，找了半天也没找到陶林的渔船。

他眼巴巴地望着，期望看到小鱼归来的身影，可海面上始终风平浪静，地平线上的太阳在一点点下沉，天色如同他的心情，越来越黯淡。

明明跟小鱼分开不过四个小时，他却无比地想念她，想到快要发疯。

他在想小鱼是不是已经跟小海见面了？两人是不是像久别重逢的故人，热泪盈眶地拥抱？再激动点可能会接吻……然后……

他不敢再想下去，只能用"陶林也跟着去所以一定见不得小鱼跟小海亲热"这样的理由来安慰自己。

可是为什么陶林提起小海时也很开心呢？如果小鱼真的喜欢小海，陶林应该会回避吧？

池故渊的脑袋混乱极了，像一团缠绕在一起怎么也理不清楚的麻线，找不到出口。

他从未像现在这般这么在意一个女人。

真的如牛大爷所说，是吃醋吗？

池故渊摇摇头，努力让自己的心绪平静下来，他习惯性地伸手进口袋里去掏手机，又摸到那个海螺，他将海螺放在耳边，听着里面的声音，仿佛真的是大海在歌唱。

听着从海螺里传来的声音，他渐渐没那么焦躁了。

到了夜里一点，小鱼和陶林终于回来了，池故渊一眼便认出了他们的船，这等待的时间里，每一分每一秒，比他在商场上谈判时等待对方亮出底牌的时间还要漫长。

他都快等成一块望妻石了。

看到船时，他满眼满脸染上了喜悦，他赶紧从灯塔上跑下来，跑得太急不小心崴了下脚，也顾不得去看脚伤，一心往小鱼那里奔。

欢喜和迫切得像个终于等到丈夫回家的"小媳妇"。

陶林将船停稳，小鱼从上面下来时摇晃了一下，陶林连忙伸手牵住她。

池故渊看到小鱼和陶林碰在一起的手，心里十分不爽，但又不好表现出来，沉住气问道："怎么这么晚才回来？"

"跟小海玩得太开心了，差点儿忘记了时间。"小鱼的眼底是藏不住的雀跃。

有那么开心吗？池故渊在心里小声嘀咕。

"今天守灯塔还顺利吗？"陶林问池故渊。

池故渊不想搭理陶林，漫不经心地"嗯"了一声。

"故渊哥哥，那小鱼先回去了。"来回六个小时的路途，小鱼折腾得有些累了，脸上带着倦容。

池故渊还想跟小鱼多说说话，但听她这么一说，只好打消了这个念头。

小鱼和陶林朝家的方向走去，池故渊看着他们的背影，双眉紧蹙。

明明小鱼以往都会陪他一起守灯塔的，但今天见了小海后，对他似乎变得冷淡起来，回来见面只说了两句话，也没有陪他继续守灯塔。

池故渊的心情越发郁闷，回到灯塔里，他躺在床上，不知不觉又睡了一个小时，被闹钟吵醒，他关了重新定了一个小时后的，正要继续睡时，门外传来"咚咚"的敲门声。

"故渊哥哥。"是小鱼的声音。

池故渊连忙从床上爬起来，理了理睡乱的头发和衣服，去开门。

小鱼换了身衣服站在门口，问池故渊："今晚需要小鱼跟你一起守灯塔吗？"

池故渊捣蒜般点头："要要要。"

小鱼抿嘴一笑，走进屋里。她的头发应该是刚洗过，很柔顺，披在肩上，像美丽的绸缎。

原来她回家是洗澡去了，然后再来找他。

池故渊跟吃了蜜糖一样高兴，忙去整理床："你应该累了吧，要不躺下睡觉？"

小鱼累得一沾到床便睡着了。她睡觉的时候很安静，身体微微蜷缩着，皮肤白里透红，像一个沉睡的洋娃娃。

池故渊看着小鱼，舍不得将视线从她身上挪开，他看了很久，抬眼扫到闹钟，连忙在闹钟响之前关掉，生怕吵醒小鱼。

池故渊在小鱼的身边躺下，她的脸朝外对着他，他侧过身子，继续注视着小鱼，他甚至都没察觉到自己的目光里已经多了几分贪恋。

小鱼醒来时，睁开眼对上的便是池故渊贴得很近的脸，她呆愣了几秒，眨了眨大眼睛，然后小脸倏地红了起来。

她屏住呼吸，一动不动，像在深海里默潜静止的鱼儿。

凌晨六点钟的闹钟准时响起，闹钟摆放在床头，小鱼伸手去关，而在睡梦中的池故渊也下意识地去摁闹钟，和小鱼的手交叠在一起。

小鱼的手被池故渊的手覆盖着，刹那间仿佛有股暖流从心里缓缓流过，她呆了呆，小心翼翼地去看池故渊。

池故渊没有摁到关闹钟的按钮，摸到的却是柔柔软软的东西，如棉花糖一般，他上瘾似的捏了好几下，慢慢睁开眼，才发现小鱼已经醒了，而他握住的，正是小鱼的手。

池故渊连忙将手抽回来，此刻竟羞赧得像青春期里面对心仪女生而手足无措的大男孩，他半坐起身子，尴尬一笑："你醒了？"

"嗯。"小鱼顺势将闹钟关掉，房间安静了下来。

"睡得好吗？"池故渊问。

"嗯。"小鱼点头，"我梦到了小海。"

池故渊听到小海这个名字，又不开心了："他有那么好吗？"

躺在他身边，梦里却是其他男人。

池故渊没有哪一刻像现在这般委屈。

小鱼并不知道池故渊在吃醋，坦诚答道："小海很善良，大家都喜欢。"

"游泳很好吗？"

小鱼只觉得有些奇怪，怎么会突然扯到游泳上："当然好啊。"

他竟然输给了一个仅仅是游泳方面胜过自己的男人，他不服气极了，该死的好胜欲一下子上来了，他嚯地坐直身子，认真地看着小鱼："你教我游泳吧。"

小鱼诧异："真的吗？"

池故渊无比坚定地点点头。

"太好了！"小鱼兴奋得几乎要跳起来，"我可以让小海也一起教你。"

为什么要让情敌来教自己？池故渊的内心是抗拒的。

灯塔的负一楼有个一米五深的蓄水池，正适合拿来学游泳，池故渊对这个地方很满意，毕竟是在室内，他可不想被围观者看到他这个初学者的糗样。

池故渊直接脱掉上衣，只留下一条大裤衩。

小鱼看着池故渊健硕紧致的身材，脸微微红起来，她一头钻进蓄水池里，在水中站稳："故渊哥哥，我们先来学习闭气。"她一边说一边开始示范，原地一头扎进水里，然后又探出水面。

池故渊连脚碰到蓄水池的水都有些害怕，更别提在水中闭气了。

小鱼游到池故渊跟前，伸出手："相信我，好吗？"

她的声音清亮，久久地回荡在地下室里，一束光从地下室的正方形小天窗外照进来，落在她的身上，蓝色的连衣阔腿裤漂在水面上左右浮动，遮住了她的脚，像一条美丽的鱼尾，她仿佛就是童话里走出来的小美人鱼。

池故渊有些看呆了，恍了恍神。

他曾是个冷漠的人，除了父亲以外他只相信自己，父亲曾告诫过他，连亲人也不能相信。

可是现在，他想试着去相信小鱼，不知道为什么，他内心深处很是笃定，小鱼不会伤害他。

池故渊慢慢地顺着梯子走到水中，牵住小鱼的手，他站立在水中，不敢动弹。

　　小鱼抿嘴一笑，缓缓地蹲下来，头没入水中。

　　过了很久小鱼仍没有上来，池故渊还紧紧地牵着她的手，他犹豫了一会儿，鼓起勇气一头扎了进去，不过只坚持了几秒，他就害怕地迅速钻出水面。

　　小鱼跟着浮出水面，笑道："你已经迈出第一步了，下面我们久一点，憋够三十秒。"她的另一只手也去牵池故渊的手，两人十指紧扣，"我不会放开你的。"

　　这句话犹如铁铮铮的誓言烙印在池故渊的心里，他稍一顿，跟随着小鱼沉入水中，他将全部注意力都放在小鱼身上，渐渐忘记了恐惧。

　　水中的小鱼美得神秘，仿佛西域传说里的公主，五官精致，酒红色的头发披散开来，衬着雪白的肌肤。

　　但水很快灌入池故渊的耳鼻，他终于憋不住了，站起身来大口大口地喘着气，狂咳不止。

　　小鱼又带着池故渊练习了好几次闭气，等池故渊终于累得精疲力竭时，小鱼才肯下课。

　　池故渊一上岸就如同回到被窝里一般舒适自在，有安全感。

　　接下来的几天，池故渊在远人岛多了一项活动——学游泳，他虽然已经能够在水中扑腾着往前了，但只要松开小鱼的手，便又会立马陷入恐惧之中。

小鱼好几次试着抽回手，但都被池故渊死死地拽住，如同抓住救命稻草般，小鱼心软，舍不得放开。

　　陶林经常没事就过来看小鱼和池故渊，他看到两人紧紧牵在一起的手，感到不悦，对池故渊说道："池大哥，要不我来教你吧，娅茹的游泳就是我教的。"

　　池故渊拨浪鼓般摇头，他能看出陶林对自己存有一丝敌意，让陶林教，不等于自寻死路吗？

　　池故渊跟牛大爷请了一天假，和小鱼还有陶林去看传说中的小海。

　　他从灯塔"下班"回来后，特意用发胶在镜子前捯饬了很久，整齐往后梳的头发，加上胡子刮得很干净，整个人看上去很精神，抛开破旧的衣裳不谈，单看这张脸，似乎在纽约那个貌比潘安的公子哥儿又回来了。

　　小鱼在池故渊房间门口催了好几遍，等他打开门，小鱼看到突然变得精致的他有些讶异："不是去见小海吗？为什么还要弄头发？"

　　"正是因为去见小海，所以绝对不能输。"

　　小鱼摇摇头，有些不解。

　　池故渊、小鱼和陶林三人上了渔船，清晨的大海在晨曦中慢慢苏醒，雾气缥缈，天空还是一片浅蓝色，慢慢地氤氲开了一道朝霞，船朝着那金光驶去。

　　行驶了近三个小时后，一座比远人岛小很多的岛渐渐出现在眼前，岛上树木丛生，远远地看去好似海上摆着盆翠绿青葱的盆栽。

三人从船上下来，小鱼并不急着去见小海，而是先带着池故渊在岛上转了一圈："故渊哥哥，这便是我生活了五年的小岛。"

原来她五岁到十岁的这五年里，是一个人在这样一座岛上度过的，没有人烟，没有住所，只有满目的绿色，鸟儿从树林里展翅飞出，盘旋在空中发出清脆的啼叫，海浪拍打在礁石上沙沙作响。

除此之外，只剩下安静，像云端之上，深海之下，那般寂静无声。

"这五年里，你不会感到孤独吗？"池故渊感到心疼。

小鱼笑笑："那时候小鱼还小，不知道孤独是什么，而且对于一个小孩子来说，创造快乐有很多方式，用沙子堆城堡、去树林里观察动物、在海里游泳……这些都是我的日常，当然最重要的是，这五年里，小海一直陪伴着我。"

小鱼站到海水裸露出来的一块礁石上，将手放在嘴巴上，吹了个声音悠扬的口哨，她水蓝色的裙摆随着风轻轻飘扬，面朝大海，如神圣高洁的海之女神。

过了一会儿，在小鱼眺望的方向，海面上浮出一个深灰色的鱼鳍，它缓慢地朝小鱼游来，眼睛也随之露了出来，圆圆的，小小的，充满友善，它向上弯着的嘴角好似在笑。

小鱼突然跳入海中，来到海豚的身边。见到小鱼的海豚兴奋地跃起，在空中划出一道美丽的弧线，飞溅起的海水溅了小鱼满脸。

小鱼并不恼，开心地大笑着，和海豚一同在海里嬉戏，她像一条轻盈自在的美人鱼，在海里无拘无束，快活玩耍。

"故渊哥哥，它就是小海！"小鱼朝池故渊大声介绍。

　　池故渊如同开了静音模式般，大脑瞬间凌乱，半响，不确定地问了一遍："你那天来见的小海就是它？"

　　"对啊，小海已经二十岁了，是个男孩子，十五年前就是它将我从海上救起的，它就像我的初恋。"小鱼嘻嘻笑道。

　　池故渊脸顿时黑了下来，倒不是这只海豚不可爱，而是搞了半天，原来他吃的是一只海豚的醋？

　　每次听小鱼提起小海时，他都抓心挠肺恨不得跟小海来场正面厮杀，却没想到他以为的情敌并不是人，而是一只海豚。

　　而且这只海豚并不讨厌他，海豚发出愉悦的声音，还将海水拍打到他的身上，摇着尾巴像是在讨好。

　　池故渊感到好气又好笑，他还曾自视甚高地想要练就游泳的本领跟这位情敌一较高下，但是，他作为一个人类，就算从小便开始学游泳，怎么可能厉害得过一只水中生物？

　　所以，他是不是可以放弃学游泳了？

　　"看来小海也很喜欢你。"小鱼甜甜一笑，她回到池故渊身边，牵起池故渊的手往海里走去，"走吧，去跟小海玩。"

　　池故渊刚开始有些胆怯，但被小鱼拉着，他慢慢放松下来，不知不觉已经走到快踩不到底的地方，他有些慌了，忽然从腰部擦过一个滑滑的东西，海豚来到他跟前，咧着嘴朝他灿烂地笑着。

　　小鱼将池故渊的手放到海豚身上。

　　这是池故渊第一次触摸到真正的海豚，触感很奇妙。

　　海豚像个求抱抱的撒娇小孩儿，晃了晃脑袋，吸了口海水后喷在池故渊的脸上。

池故渊被突如其来的海水咸得睁不开眼睛，他抹了把脸。

　　"我的游泳是小海教会的，你只要抱着它，它便会教你怎么游泳。"小鱼亲了亲海豚，对着它眼睛下方的耳朵说了些话。

　　海豚似乎听懂了，点点头。

　　"你们能交流？"池故渊诧异极了。

　　"嗯。"小鱼让池故渊抱着海豚，"小海说愿意教你游泳。"

　　池故渊只觉得神奇，他抱住海豚，海豚向前慢慢地游去，他的身子漂浮在水面上，感受着水的浮力。

　　突然，海豚调皮地转了个弯，池故渊手滑没抱稳，整个人头朝下跌入海中，他还来不及反应，海豚又将他顶出水面，他趴在海豚的背上，海水的腥咸弄得他的喉鼻十分难受，他过了好大会儿才缓过神来，双手仍紧紧抱着海豚。

　　"小鱼，快帮我！"池故渊朝小鱼喊，

　　小鱼只是在海豚的周围游来游去，灿烂笑道："放心吧，小海是救人的海豚，不会害你的，它只是喜欢恶作剧罢了。"

　　海豚发出得意的嘶鸣，它继续往前游。

　　池故渊紧紧地拽着它的鱼鳍，生怕又被它甩飞，还好小鱼始终跟在他们身旁，池故渊才安心了些。

　　一直被晾在岸上的陶林看到他们玩得那么欢，感到有些失落，他猛地扎入海里，游到海豚身边，朝海豚摆了几个手势，他往左边挥手，海豚便往左摇头，他往右边挥手，海豚就往右。

　　陶林和海豚玩得不亦乐乎，但抱着海豚的池故渊可就惨了，他一个没抓牢，又沉入海中，他在水中拼命地挣扎。

小鱼潜至他跟前，她用表情和手势示意他不要挣扎，慢慢放松。

这次小鱼没有再心软地去抓他的手，而是等着他克服对水的恐惧。

池故渊听从小鱼的话，没有再扑腾，他不让自己使任何力气，渐渐地，他的身体在海水中浮了起来，他用力向后蹬了几下腿，往前游了几步。

小鱼满脸笑意地看着他："故渊哥哥真棒！"

海豚也替池故渊感到高兴，跳出水面后，又"扑通"跳入水中，溅起一朵朵浪花。

珍珠节很快到了，沙滩上挂起一个简陋的红色横幅，年份的末尾数能明显看出是新贴上去的。

远人岛就好似新年般热闹，岛民们聚集在一起，热热闹闹地大声说话，池故渊环顾四周，远人岛的大部分年轻人都外出谋生了，留在岛上的人老龄化有些严重，三分之二都是年过半百的老人。

喇叭里回响着村长的声音："我宣布，第 100 届远人岛珍珠节开幕了！"

这个节日，竟一代代传承下来，保留了一个世纪。

远人岛虽小，却有它独特的魅力和人文风情所在，池故渊不禁有些动容。

汤娅茹在人群中第一眼就看到了个子高高的池故渊，连忙凑了过来，问他："你是不是这个月 18 号离开远人岛？"

汤娅茹穿着条连体的泳衣，她的身材有些干瘪，扎着两个小辫子，脸上稚气未脱，很像复古画报里上个世纪三十年代的女学生。

池故渊点点头。

汤娅茹眉开眼笑，拉着池故渊的手："我行李已经收拾好了，你走的时候记得叫我啊。"

池故渊皱眉，他记得他已经说得很清楚了："我没有带你走的打算。"

"我什么都愿意做，只要你带我走。"汤娅茹可怜巴巴地看着池故渊，"我可不想一辈子待在这个岛上。"

"远人岛不是每个月都有往返的客船吗？你为什么不坐那个离开？"池故渊问。

"我爸特意跟船长嘱咐过，如果我上船的话，船长有权把我腿给打断，但是如果我跟你走的话，我爸肯定会答应，听说你在美国混得很不错，我上网查过，你还挺有名气的。"汤娅茹的眼里流露出对池故渊的崇拜之情。

这时，小鱼走了过来，看了看池故渊被汤娅茹挽着的胳膊。

池故渊见到小鱼，连忙挣脱开汤娅茹的手，拍了拍自己的胳膊，似乎想把刚刚的误会拍开。

汤娅茹看看小鱼，问池故渊："那你打算带小鱼走吗？"

池故渊一愣，他确实想过带小鱼走，可是他知道小鱼无法离开远人岛，他顿了顿："如果小鱼愿意的话，我会带她走。"

小鱼眼里的光瞬间消失了，脸色黯淡下来："我不会离开远人岛的。"

果然如池故渊料想的答案一样，他的心一沉。

"那我代替小鱼照顾你便是，小鱼会做的我都会做！"汤娅茹不肯放弃。

池故渊没有回答汤娅茹的话，他往前走去，汤娅茹不依不饶地追在他身后。

小鱼看着池故渊的背影，感到很失落。

珍珠节的开幕式上，村长致完开幕词后，岛民们自发地上台表演。开场是陶林的妈妈陶姨，她的海豚音在远人岛是出了名的，她一个人仿佛是一支交响乐团，声音铿锵有力，唱完后众人纷纷喝彩。

随后是牛大爷和花婆婆表演的二人转，两人平时只要碰着面就喜欢斗嘴，说话内容都很逗，牛大爷老说花婆婆一把年纪打扮得花枝招展的，花婆婆则嘲弄牛大爷一辈子打光棍儿。

其实牛大爷一直把花婆婆当女神看，怕她太漂亮会被其他人抢走，但他知道花婆婆一直在为丈夫守寡，所以心里的喜欢到了明面上就变成了玩笑话，两人就这么心照不宣地打趣了对方大半辈子。

池故渊看着一个又一个精彩的节目，虽然并不完美，瑕疵百出，却很吸引人，岛民们热情朴素的性格和平淡是真的人生态度莫名地打动了他。

珍珠节的比赛项目并没有分青年组和老年组，据说原先是分组的，但是老年人集体抗议此举是歧视，村长在老人们的"示威"下哭笑不得地放弃了这个做法。

事实证明，远人岛的老人们完全拿出了一副"你大爷永远是你大爷，你大妈永远是你大妈"的架势来，很多老年人比年轻人身姿还矫健，在水里灵活得像一条鱼。

池故渊报名的游泳项目安排在第三天，海面上拉起了水线，往返共一百米，他因为这个比赛失眠了整整一个晚上，睁着眼睛守灯塔到天亮。

小鱼看出池故渊很紧张，安慰他道："放心吧，我会在你附近跟着的。"

游泳项目的参赛者多达三十人，但大部分是年轻人，老年人不屑于参加这么简单的活动。

裁判一声令下，许多参赛者如离弦的箭般冲了出去，池故渊还要先潜水，然后放松，浮到水面再蹬腿，完全是初学者的操作，直接被远远地甩在后面。

池故渊慢吞吞地游着，他原本还雄心壮志地想要拿到第一名，但现在看来，拿个重在参与奖就已经很不错了。

他曾想过放弃这个比赛，可是他不想让小鱼失望，这个岛上所有人都会参与珍珠节的活动。不知道从什么时候开始，他变得想要融入他们，融入这个岛的生活。他不明白究竟是为了小鱼，还是为了更顺利地离开。

池故渊思绪复杂地想着，在水里失了神，一直停滞不前，等他反应过来时水里只剩下他一个人了，其余参赛者都在往回游，与他背道而驰。

那一刻，恐惧感又席卷了他，他下意识地想要站起来或者抓住什么，可是他碰到的除了水，只有水。

池故渊害怕地开始扑腾起来，他的喉咙灌入大量的海水，呛得他十分难受。

"小鱼……"池故渊想要喊小鱼的名字，可只要一开口，海水就涌进口腔，他被腥咸的味道充斥着，几乎麻痹了知觉。

他的四肢变得僵硬起来，不断地往下沉，小鱼曾教给他的闭气与换气的方法，在这一刻被统统抛到了九霄云外。

在他以为自己要溺亡时，生命的最后一刻，他回想起的不是让他牵肠挂肚的纽约金融街，不是大笔大笔挥霍和进账的钞票数目，而是小鱼，她总是甜美地笑着，她总是带着金鱼般七秒的记忆一次又一次地对他好。

无论他说话多么难听，做的事情多么过分，她宁愿自己流着眼泪，也不会去苛责他和反驳他，她总是一脸和善地跟他讲道理，用她那颗真挚而单纯的心慢慢融化他。

他明明认识小鱼还不到一个月的时间，她的笑容，就已经深入骨髓。

小鱼及时出现在池故渊的面前，她像一条从大海深处游来的美人鱼，神秘而圣洁，她捧着池故渊的脸，嘴对嘴亲了上去，给他渡气。

两片柔软的嘴唇紧紧地贴在一起，小鱼的气息传入气管，池故渊仿佛在一瞬间清醒了过来，蓦地睁大眼睛看着她。

第四章

我怕自己会爱上你

　　池故渊和小鱼同时浮出水面，其余参赛者都已经上岸了，池故渊还在失神地回想刚刚水中的场景，或许对于小鱼来说只是人工呼吸，可是他只要一想起嘴唇上柔软的触感，心就会扑通扑通跳个不停。

"快回去吧，大家都在等着呢。"小鱼松开池故渊的手，"你要自己游回去哦，这样才光荣。"

池故渊愣愣地点头，在全岛人民的注视下慢吞吞地游回岸上，还好有小鱼在一旁陪伴，他游得还算顺利，没有再溺水。

等池故渊上了岸，陶林也从水里钻了出来，他在游泳项目里担任的是急救员，比赛时一直待在海里观察参赛者的情况，刚刚池故渊溺水时，他想要去救援，但小鱼抢先了一步，还在水里亲吻了池故渊，这让他嫉妒到抓狂。

池故渊走上沙滩，汤娅茹朝他跑来，殷勤地给他披上一块浴巾："池大哥，你别着凉了。"

池故渊生怕小鱼不开心，连忙将浴巾扯下塞回汤娅茹的手里："谢谢，但我不需要。"

汤娅茹瘪瘪嘴，满脸不高兴地走开了。

闭幕仪式上村长宣布本次比赛的结果，冠军是一位头发花白、满脸皱纹的老人，池故渊记得这位老人只参加了两三个项目，每次都被远远甩在后面，他对此感到十分奇怪。

小鱼笑着解释："冠军并不是真的按照比赛成绩来定夺的，大家都是抱着重在参与的态度，而奖金主要是为了发放给那些真正有困难的人。"

那位老人的老伴走得早，膝下无儿无女，加上年事已高，行动有些不便，没法经常出海捕鱼，生活很贫困，村长用奖金这样的方式发放，一方面帮助了老人，一方面又维护了他的尊严。

岛民们对此没有任何异议，反而纷纷恭喜老人。

老人高高地举起奖杯昂首欢笑，虽然这个奖杯很快就要还给村长，留到下一年的珍珠节。

池故渊只觉得奇妙，在远人岛，大家都把金钱看得很淡，完全靠友善的人情关系在维系，就像孔子描述的"天下大同"的社会。

他开始对自己的金钱观产生怀疑和动摇，他曾经所信仰的"利益至上"的理念到底是不是正确的呢？

晚上有篝火晚会，岛民们在空旷的沙滩上用木杆搭成支架，依次堆垒成垛，村长递给池故渊一根木柴："你是远人岛回家的故人，今年的珍珠节篝火，交由你来点燃。"这是远人岛的惯例，每年珍珠节点燃篝火的人，都是很重要或者身份尊贵的客人。

回家的故人？池故渊心里倏地一动，他有些受宠若惊，点燃了篝火。

明晃晃的火焰从木柴堆里升腾而起，比池故渊还要高，岛民们欢呼起来，手牵着手围着篝火跳舞歌唱。

小鱼笑意盈盈地把手伸了过来，池故渊怔了怔，牵住小鱼的手。

陶林则不动声色地拉起小鱼的另一只手，另一边，汤娅茹又凑了过来，热情主动地握住池故渊的另一只手。

圆圈越来越大，大家不规则地跳起舞来，每个人的脸上洋溢着幸福喜悦的笑容。

池故渊紧紧地牵着小鱼的手，她的手很小很小，小到他的手掌似乎是她的两倍大，这样一只小小的手，让他又怜又爱，舍不得放开。

小鱼的笑容灿烂，甜得让人多看几眼就要醉在其中。

跟小鱼相处得越久，池故渊就越不想离开，他已经好几次产生了"留在这里也不错"的想法了，远人岛让他有足够的时间去欣赏这个世界的美景，让他察觉岛民之间那份无比真挚和朴素的情谊。

不知不觉中，他对这里已经有了份无法割舍的情愫。

晚会上有每家每户贡献出来的海鲜，大家玩累了，就自行生火，在海边烤着海鲜吃。

小鱼和汤娅茹在给对方的头发上编彩辫玩。

池故渊在一旁烤着鱼，吹着晚风，听着海浪声，感到十分惬意。

陶林拿着串好的鲜虾和鱿鱼过来，在池故渊身边烤着，他突然开口问道："池大哥，你下周就要回美国了，对吗？"

下周？池故渊一愣，仔细算算，原来距离 5 月 18 号只剩下八天了，在远人岛，日子变得很缓慢，缓慢到他忘记了时间的流逝。

"你如果决意要离开，就不要给小鱼留太多念想，我不想看到她受伤。"

池故渊又愣了一下。

陶林继续说道："我很喜欢小鱼，从她十岁那年被池爷爷带到这个岛上，我见到她的第一面，就喜欢上她了，她可能一直不知道我喜欢她，我本来打算等她走出池爷爷去世的伤痛后再跟她告白。池爷爷的离开对小鱼的打击很大，我不希望她再承受第二次打击。"

池故渊沉默着，微微失神，手中的鱼来不及翻面已经烤焦了，他看着被烤成黑炭的鱼，心沉了下来。

"小鱼，娅茹，快来吃吧！"陶林将他烤好的海鲜装在盘子里，脸上挂起笑容，朝小鱼和汤娅茹走去。

池故渊呆呆地站在原地，过了一会儿，他慢慢转过身，看到小鱼正在津津有味地吃着一串鱿鱼，嘴角弧度甜蜜地向上扬起，他的心突然疼痛了起来。

他确实不应该伤害她的这份纯真。

篝火晚会结束后，岛民们自觉地带走垃圾，沙滩上又恢复了以往的干净和宁静。

池故渊提着东西往爷爷家里走，小鱼察觉到池故渊今晚突然的沉默，她加快步伐追上他。

池故渊又加快了脚步，小鱼都快跑起来了，紧紧跟在他身后。

到了爷爷家，陶林跟他们告别，他意味深长地看了眼池故渊，然后走进自家的院子，二哈的吠声从里面传来。

珍珠节渔民不出海捕鱼，但池故渊仍旧需要守灯塔。

他收拾一番后准备出门，小鱼已经在院子里等着他了，她坐在秋千上晃荡着，穿着水蓝色的吊带裙，裸露出来的肌肤在月光下白得发光，仿佛森林里美丽纯洁的精灵。

"你今晚不用跟我去守灯塔了。"池故渊又补充了一句，"不光今晚，以后也不用了。"

"为什么？"小鱼从秋千上站起来。

"我怕你太累。"

"我不怕累。"小鱼浑然不知池故渊在试图躲避她，甜甜笑道。

池故渊讨厌拖泥带水，索性把话挑明了："下个星期就到一个月约定的截止时间了，我就要离开远人岛，回到美国。"

"是 18 号吗？"小鱼记得很清楚。

　　池故渊点头，以为小鱼应该明白他的意思了，他即将离开，他不想再跟小鱼有更多的牵连和羁绊，小鱼却说："不是还没到那一天吗？"

　　"但我心意已决，我是一定要回到美国的。"

　　"你真的不能留下来吗？"

　　池故渊不敢再去看小鱼那双明亮澄澈的眼睛，他怕自己会动摇，将头偏向一边："不能。"

　　"我知道了，可是这跟我去不去守灯塔有什么关系？"

　　"我……"我不能爱上你，这句话卡在喉咙里，池故渊怎么也说不出口。

　　"你是怕爱上我，对吗？"小鱼替他说了。

　　池故渊一怔。

　　"或许对于你的宏伟事业来说，我的爱情太渺小了，灯塔的意义也太微不足道了。"小鱼叹了口气，与他擦肩而过，走进屋子。


　　灯塔里，池故渊坐在窗边，眺望着远方，灯塔的光落在海面上，如同给大海披上了一件金色的袈裟，静谧而神秘，远处繁星闪耀，星河朦胧。

　　可惜他没有手机，无法将这里的美景记录在镜头里，只能绘入梦中。

　　池故渊正要躺回床上，忽然看到海上一个小小的黑点，随着波浪慢慢前进。

他仔细一看，才发现那是艘快艇。

池故渊守灯塔守了半个多月，远人岛的每一艘船他都有大概印象，他明明记得岛民们没有开快艇的。

他的心里突然有了不好的预感，走下灯塔，在港口等着那艘快艇靠岸。

快艇靠近了，从上面下来一个戴着粗金链的中年男人，手里拽着一个瘦弱的年轻人，他们身后跟着四个黑衣人。

中年男人对被拽着的年轻人骂骂咧咧："开了这么久才到这里，还说你不是乱指路。"

"我真没有，我也只有看到这个灯塔才知道岛在哪里。"年轻人一脸哭丧相，像一只软弱无力的待宰小鸡。

池故渊感觉他们不像这个岛上的人，问道："你们是？"

"哟，这里还有个帅哥呢！"中年男人看到池故渊，挑眉一笑，上下打量他，"我是来讨债的，你是村长吗？"

"不是，我是灯塔守护者。"这是池故渊第一次以"守塔人"的身份自我介绍，他非但没有觉得别扭，反而很理直气壮。

年轻人听说池故渊是守塔人，露出惊讶的表情来："你难道是池大爷的孙子？"

中年男子笑出声来，抬头看了灯塔一眼："这破灯塔还用人守吗？灯塔倒是蛮好看的，可以开发成一个特色景点。"

池故渊皱眉。

"快带我去见村长！"中年男子踢了年轻人一下。

年轻人趔趄了一下，险些摔倒。

"你这是暴力行为。"池故渊挡在中年男子和年轻人中间。

"好好守你的灯塔去,哪这么多废话!"中年男子对池故渊颇
不耐烦,绕过他,又踢了年轻人一脚。

年轻人连忙朝村长家的方向走去。

池故渊自知寡不敌众,但又很担心,跟在他们身后。

中年男子叫嚣着来到村长家,村长和夫人正要睡下,听见动静
来开门。这突然闯进来的五六个人,把他们吓了一跳。

那位中年男子叫豪哥,他将几张地契拍在客厅的桌子上:"这
几块地,阿运已经卖给我了,这个岛上的风光还挺不错,挺适合建
度假酒店。"

村长看了看那些地契,气急败坏地指着阿运骂:"你、你怎么
能把自家的地给卖了?"

几番对话下来,池故渊才了解了事情的原委。

阿运是花婆婆的儿子,花婆婆老来得子,加上丈夫走得早,对
这个儿子很溺爱,但几年前阿运沾染上了赌瘾,经常不回家,花婆
婆一气之下把他赶出了远人岛,却不想他偷了地契出去赌,而且这
些地契,不光有花婆婆家里的,还有从其他老人那里骗来的。

村长家的动静惊动了很多人,岛民们纷纷来围观,几个发觉被
骗了地契的老人吓得哭天喊地。很快,花婆婆在陶林和小鱼的搀扶
下也来到村长家里。

花婆婆上前扇了阿运好几个耳光,破口大骂起来。

现场顿时乱作一团,村长也感到束手无策。

在一片混乱中,一直沉默着的池故渊看不下去了,大喊了一声:

"都给我安静！"

大家都不说话了，只剩下低低的抽噎声。

池故渊看了看地契，合同白纸黑字，确凿无疑。他问阿运："这些地你卖了多少钱？"

"三十万。"阿运唯唯诺诺地说道。

花婆婆一听三十万，差点儿晕厥过去，还好被牛大爷扶着。牛大爷也是受害者之一，但他始终在安抚花婆婆的情绪。

"三十万你就把这些地给卖了？"三十万对于池故渊来说只是笔小数目，对于岛民们来说却是天文数字。

豪哥冷笑："怎么，你要替他还吗？"

"我替他还了，你是不是就不再来找碴儿了？"池故渊反问。

"那当然，我们也不是黑社会，是正经的生意人。"豪哥笑道。

"把你能够接受跨国转账的银行卡账号给我。"池故渊不动声色地说道。

豪哥半信半疑地把银行卡账号抄在纸上，递给池故渊。

池故渊跟村长借了手机，打给远在美国的 Adele。美国那边正好是白天，Adele 正在公司上班，接到近一个月不联络的池故渊的电话十分惊讶。池故渊让 Adele 立马往一个银行账号里转三十万人民币，Adele 出于信任没有犹豫地转过来了。

但跨国转账没法立即到账，需要等三到五天。

豪哥心生狐疑："我怎么知道你是不是在骗我，先打发我走？"

"我如果真的想骗你，你一个星期后发现钱没到账，不是还会找回来吗？难道我能把岛给搬走不成？"池故渊逻辑清晰。

　　豪哥一听也有道理，但不见钱到账不死心："这样吧，我先在这里住下，等钱到账我们就走人。"

　　虽然来催债的人没有立马走，但事情总算是先平息下来了，村长给他们安排了住的地方，岛民们这才散去。

　　村长感激不尽地握着池故渊的手："这笔钱我们一定会还你的。"

　　池故渊没想过让他们还钱，这笔钱，就当是还了欠远人岛的情吧，这样他走的时候心里也会少些愧疚。

　　"故渊哥哥，谢谢你帮了远人岛。"池故渊走回灯塔的路上，小鱼追了出来，"你刚刚挺身而出的样子，真的很帅。"

　　池故渊听到小鱼的夸奖，心里很甜，但脸上仍是冷冰冰的。他转身问小鱼："如果今天没有我，你们怎么办？"

　　"岛民们肯定不会袖手旁观的，一定会帮阿运还钱的。"

　　池故渊冷笑起来："三十万，你们要还到什么时候？一代还不完留到下一代，继承制吗？"

　　小鱼被池故渊怼得哑口无言。

　　"你之前跟我说，钱买不到很多东西，但是我今天证明给你看了，钱的作用就是这么强大，没有什么事情是钱解决不了的，如果有，那一定是钱不够多。"幸好出了今晚这样的事，让池故渊突然无比坚定了要回到美国的想法，只有钱，才能让他过上舒适的生活。

　　他人生的意义，不是守着一眼就能看穿人生尽头的灯塔，而是掌握世界的财富。

“可是……钱够用了就好了啊……”小鱼的声音很小。

　　“钱永远不会够用的，因为人的欲望是无止境的！今天要花三十万，明天可能就要花三百万、三千万，甚至是三个亿。”池故渊害怕看到小鱼因为难过而发红的双眸，在她的眼泪没有落下来之前，他狠心地迅速转身朝前走去。

　　一路上，他都在告诫自己：不能回头，不能在这段感情里越陷越深。

　　突然，他的后背被撞击了一下，小鱼猛地冲上来从后面抱住他，声音里带着哭腔："可是小鱼真的不想让你走！故渊哥哥，小鱼喜欢你！"

　　她的哭声如初生婴儿，清脆可人，直酸到池故渊的心里，他愣了一下，停下脚步，站着没动，也没说话。

　　"拜托你别走，别像爷爷一样离开我！"小鱼哭得越来越大声。

　　池故渊听得心里一阵阵绞痛，很久之后，他叹了口气，闭了闭眼："小鱼，你别爱上我，我是个坏人。"

　　她贴心得像小棉袄，他却是无法被温暖的寒冬。

　　他垂下头来，轻轻地掰开小鱼的手，转过身看她。

　　小鱼哭得快断气了，一抽一抽的，眼角、睫毛上全沾着泪珠，晶莹剔透，看得他十分心疼。

　　"我回美国以后，你要乖乖的，好好吃饭，好好睡觉，不要动不动就跳到海里去，我知道你水性好，但也要多注意身体。"池故渊伸手擦干小鱼眼里涌出来的泪水，擦干一些，又溢出来些，跟漏水了似的。

他无奈又难受："小鱼，你别这样。"

"那你答应我一件事。"小鱼带着哭腔说道。

"嗯？"只要是他能做到的，他一定尽全力去做。

小鱼抬头看着池故渊，目光灼灼："你若是去了美国，就别再回远人岛，就算回来了，也别来找我，我会当作你和爷爷一样都去了天堂，不再存有任何念想。"

池故渊心里一惊，而后生疼起来，他想不到小鱼会说出这么狠心的话来，可是，或许这样的结局，对于他们来说才是最好的。他顿了顿，点点头："好，我答应你。"

小鱼转身离开，身影渐渐消失在夜色里。

池故渊心里难受，烦躁得想要抽烟，可是兜里只有那个海螺，小鱼留给他的海螺。


池故渊回到灯塔里，他一闭上眼睛，脑袋里出现的全是小鱼那哭红的双眼，她令人心碎的哭声隐隐在他耳边萦绕，听得他的心疼痛得无以复加。

池故渊没法入睡，只好睁开眼，呆呆地看着天花板，然后隐隐听到门外传来上楼的声音，他脸上浮出一丝喜悦，连忙去开门："小鱼！"

出现在门口的并不是小鱼，而是阿运。

他鼻青脸肿的，手里提着些东西。他知道池故渊在看他的脸，僵硬地笑了笑："我妈打的。"他指的是花婆婆。

"妈妈跟我说你在守灯塔，她让我拿些吃的给你，并让我转达你，那些钱，我们家会一点点还的。"阿运将东西摆放在桌子上。

"那笔钱你们不用还，但是你如果再去赌博的话，我一定会来催账。"

"我不会了，我认识到自己错了。"阿运垂头丧气，看了眼灯塔外的海，"在这里守灯塔，会很无聊吧？"

"嗯。"如果有小鱼在，便不会。

"我听妈妈说了你的事情，你如果要回美国的话，我可以来帮你守灯塔！或者你让我做其他事情也可以，做牛做马我都愿意的！"阿运信誓旦旦。

池故渊之前还在愁他走了之后灯塔没有人守怎么办，可是如今，真的有人主动帮他守灯塔代替他时，他却犹豫了，心里有些不情愿："你会守灯塔吗？"

"当然。"阿运熟练地操作了一番柴油机，"小时候我总喜欢跑到灯塔来玩，你爷爷教过我。"

"守灯塔的只能是池家人。"这句话曾是小鱼说的，池故渊没想到自己也会说出来。

"噢。"阿运见池故渊有些发火，变得小心翼翼起来，"你不回美国了？"

"回。"

阿运疑惑："那……"

池故渊心烦意乱，不想再与他争论，将他推出去："你先回去吧。"

"你回美国之前，我帮你守灯塔也是可以的！"阿运在门外喊道。

"不用！"池故渊愤愤地回了句。

天亮以后，池故渊回到家里，小鱼不在家，但饭桌上永远有为他准备好的饭菜，他心里又辛酸又感动。

他中午睡了会儿，小鱼还是没有回来，他出门正好碰到陶姨，陶姨告诉他："小鱼和陶林出海捕鱼去了。"

池故渊皱皱眉，明明以往他们出海捕鱼都会叫上他的，一定是因为昨晚的事情，小鱼在刻意躲避他。

他晃荡到海边，看见汤娅茹竟挽着那个叫豪哥的男人，两人相差二十多岁，看上去十分违和。

池故渊连忙走上前："你们在干什么？"

汤娅茹抿嘴一笑："我在听豪哥给我讲国外的生活，可好玩了。"

"那你们这么亲密干吗？"池故渊掰开汤娅茹的手，他在美国不是没见过玩弄小姑娘的老男人，他不希望单纯的汤娅茹被骗。

池故渊拉着汤娅茹往回走，汤娅茹却甩开他："反正你不愿意带我去美国，我自会找到愿意带我去的！"

"你真的觉得那个叫豪哥的会帮你成为明星？"池故渊感觉自己摇身一变成了苦口婆心的家长。

"我不确定，但是如果我待在这个岛上，就一辈子都当不了明星！"汤娅茹瞪着眼睛，跑回豪哥身边。

池故渊摇摇头，自知劝不动她，他本不是爱管闲事的人，对于自己没有好处的事情绝不会去做，可他还是担心，像隐隐有个坎儿，不跨过去不自在。

他去了趟汤家的小卖铺，提醒汤叔叔让他注意汤娅茹不要跟豪哥走得太近。

池故渊从小卖铺出来，撞见归来的小鱼和陶林，他们手里提着铁桶，正要去卖海鲜。

小鱼看见池故渊，不再甜甜地叫他"故渊哥哥"，而是默默垂下头，假装没看见。

陶林似乎察觉出小鱼和池故渊之间不大对劲的氛围，说道："池大哥，你现在不欠牛大爷钱了，所以不用跟我们一起去卖海鲜赚钱了。"昨天池故渊帮阿运还了钱，而牛大爷跟花婆婆关系又很亲密，等于帮了牛大爷一个很大的忙，牛大爷说用那剩余的四百块钱先抵掉三十万里的一小部分。

可是池故渊一想到以后可能再也见不到小鱼了，就难受得慌，他想再多看小鱼几眼。

"可是我想赚些零花钱。"池故渊自己都不敢相信自己会说出这么别扭的话来。

小鱼听到这话想笑，但她还在生池故渊的气，只好憋着，索性将头偏向一边，不去看他。

陶林嘴角一抽，不想让池故渊再靠近小鱼："这些海鲜是我和小鱼打的，不关你的事。"

"我知道了。"池故渊停留在原地，落寞地看着小鱼和陶林离开。

阿运气喘吁吁地跑了过来，冲池故渊说道："我刚刚去灯塔还有你家里找你，你都不在。"

"找我做什么？"池故渊奇怪。

"你帮了我这么一个大忙，我当然是要给你做牛做马，你让我做什么我都愿意。"阿运抓抓脑袋补了一句，"别叫我吃屎就行。"

"……"

池故渊想了想："把你的手机给我。"

阿运乖乖地交上他的手机，池故渊在手机上输入自己的邮箱账号，然后将手机递还给他："你帮我拍些小鱼的照片，越多越好，然后把这些照片发给我，别让任何人知道。"

"哦。"阿运点点头，"原来你喜欢小鱼啊。"

被戳中心思的池故渊一愣，拍了下阿运的脑袋："别那么多废话。"

如果再也见不到小鱼，那么留些照片当作念想总归是好的。

之后的几天，池故渊和小鱼虽然住在同一个屋子里，但两人几乎见不着面，小鱼处处躲着池故渊，等他去守灯塔了才回家，又在他回家前跟陶林去海上捕鱼。

直到这天远人岛出了一件大事情。

池故渊转给豪哥的三十万终于到账，豪哥当着岛民们的面将合同给撕了，这笔账算是一笔勾销了，但汤娅茹铁了心要跟豪哥走，说豪哥能保她这辈子衣食无忧，给她想要的生活。

豪哥也是个老油条，他说自己从没有强迫人家小姑娘，这是汤娅茹自己的想法，是她想跟他走，他也愿意带她走。

汤娅茹的父亲自然是不肯让女儿跟一个岁数这么大的男人在一

起，直接将汤娅茹锁在家里，结果汤娅茹大吵大闹，乱砸东西，把村长和岛民们都给闹来了。

池故渊守完灯塔回来，便看见汤叔叔家门口围着许多人，小鱼和陶林也在其中，汤娅茹想往外跑，岛民们连忙拦住她。

汤娅茹一气之下，从自家超市里拿了一把刀子横在脖子前，以死威胁。

池故渊本来不想管的，毕竟他都要离开了，却听见人群里的豪哥跟看戏一般事不关己地笑道："哟，这小姑娘性子还挺烈的。"

他的怒火一下子就蹿上来了。

他冲到豪哥面前："若不是你引诱她，给她描述一番外面花花世界的蓝图，她能被你欺骗？"

豪哥皮笑肉不笑："嘴长在我脸上，我说什么是我的事吧？她听进了些什么我可管不了，耳朵是她的。"

汤娅茹看向池故渊："池大哥，我就问你一句话，你带不带我走？你要是带我走，我就不纠缠豪哥了。"

池故渊感到头疼，这分明是道德绑架，他马上就要回美国了，却不想摊上这档子事。池故渊面露难色地看了看大家，岛民们眼巴巴地看着他，似乎在期盼他答应下来。

池故渊又看向小鱼，小鱼似乎朝他微微点了点头。

"你真的那么想当明星吗？"池故渊问汤娅茹。

"想！我做梦都想！"汤娅茹拼命点头。

"我在上海有朋友是开影视公司的，你可以先去他那里试试，美国的签证办理下来需要一段时间，我没办法立刻带你去，而且像你这样的单身女性，拒签的风险性很高。"池故渊说道。

汤娅茹的眼里燃起希望的火苗："你说的是真的？我可以去影视公司吗？"

"我只是给你提供一个机会，混得怎么样要看你自己的造化。"池故渊面色平静。

汤娅茹脸上浮起一丝雀跃，她慢慢把刀放下来。

汤叔叔见状，连忙冲上去把刀夺下来扔在地上，抱着汤娅茹心疼不已："你怎么能这么傻？"

汤娅茹和池故渊以及池故渊的父亲一样，都是渴望离开这个岛去往外面世界的人。

如若汤娅茹是小鱼，池故渊一定会毫不犹豫地带她走，可偏偏不是。

村长将池故渊叫到一边，问他："一个月的期限快到了，你还是决定要走吗？"

池故渊点头。

村长叹了口气："看来你爷爷和你父亲打的赌，最后还是你父亲赢了啊。"

"我在美国已经生活了二十五年，不可能因为一个月而改变的。"池故渊淡淡说道。

池故渊来时的行李都被冲走了，要回去时，也没什么可带走的。他在临走的前一天将远人岛好好地转了一圈，原来在远人岛的东南西北，看到的天空都是不一样的，颜色有浅有深，如同画家笔下不经意的一撇，却又惊艳万分。

"请池故渊速速到村长家里，请池故渊速速到村长家里······"岛上的喇叭突然响起村长的声音。

池故渊带着疑惑朝村长家走去，村长的家门口聚集了很多人，他以为又出了什么事情。

岛民们看到他，纷纷让出一条道来。

池故渊看到小鱼，她跟陶林站在一块儿，脸上看不出什么表情。

村长站在院子中间，待池故渊走到他面前时，他将手中的锦旗交到池故渊手中："这是岛民们为你做的。"

池故渊打开锦旗，上面赫然写着"伟大的灯塔守护者，池故渊"，每一个字，都是一针一线手工绣上去的，他心里一阵感动，忍住了想要流泪的冲动。

"谢谢你，尽全力完成了一个月的守灯塔任务，还帮助岛民们处理了很多事情。"村长一脸慈眉善目。

随后，岛民们热情地挨个给池故渊送礼物，有的往他头上套个自己编的花环，有的给他织了一件外套，还有的送来一篮子鸡蛋、一大袋的腌菜······

池故渊哭笑不得："这些吃的东西我没法带上飞机。"

"那你今天想吃什么，我给你做。"

"来我家吃饭吧，我杀只羊给你。"

······

人群吵吵闹闹的，大家争先恐后要请池故渊吃饭。池故渊再也无法控制情绪地红了眼眶，他转过身去，闭了闭眼睛，过了很久才终于平复了心情。

　　晚上，岛民们果然做了顿百家宴，拼接的桌子铺满了一整条路，上面摆放着各家的拿手好菜，池故渊被人群拥簇着坐在最中间，大爷大妈们纷纷往他的碗里夹菜，生怕他吃不饱，不一会儿，他碗里的菜就堆成了一座小山。

　　一片欢声笑语中，池故渊往四周看了看，小鱼并没有在场。

　　池故渊心里突然有些慌，他趁大家不注意时偷偷溜走。他回到家里找小鱼，小鱼并不在，他又去了灯塔，小鱼还是不在。

　　池故渊只好回到百家宴上，问陶林："小鱼去哪儿了？"

　　"她跟我说不舒服回家休息了。"陶林回答。

　　池故渊急忙又回了趟家，从院子找到屋子，都没看见小鱼的身影，他在自己的房间里茫然地坐着，安静下来后忽然听到一阵低低的啜泣声。

　　是从柜子里传来的。

　　池故渊突然意识到什么，慢慢朝衣柜走去。

　　他打开衣柜，一个小小的人儿蜷缩在里面，头埋在膝盖里，肩膀一颤一颤的。

　　"小鱼。"池故渊叫了声她的名字。

　　小鱼抬起头看他，素净的脸上沾了不少泪花，让人十分心疼。

　　池故渊记得爷爷下葬的那天，小鱼也是像这样躲在柜子里心碎地哭着。

　　小鱼手里拿着爷爷留给池故渊的那封遗嘱，上面落着她的泪水。

　　"爷爷明明说了让你照顾我的，为什么你不肯做到？"

池故渊慢慢蹲下身来，伸手摸了摸小鱼柔顺的头发："我当然想照顾你，想照顾你一辈子，可是我没法抛弃在美国的一切，留在这个岛上荒度余生。"

"那灯塔你也不要了吗？"泪水顺着小鱼的眼角滑落。

池故渊顿了顿："灯塔我已经找到了代替我的人。"

"为什么你要把灯塔和我，都推给别人？"小鱼哭得更厉害了，眼泪像止不住的水龙头，簌簌掉落下来。

"小鱼，忘记我吧，我们不是一个世界的人。"池故渊心一紧，轻轻地拥住她。

到了离开的那一天，岛民们都来送池故渊，只有小鱼不在。

陶林将一样东西放到池故渊的手中："这是小鱼送给你的。"是小鱼打捞到的一颗珍珠，晶莹剔透，闪着耀眼的光芒。

池故渊将珍珠紧紧地握在手心里，他刚来到这个岛上时，被海水带走了随身物品，变得一无所有，那时候的他不曾想过，走的时候会遗留这份让他没有办法去好好权衡的感情。

池故渊等了很久，都没有等到小鱼，最后在暴躁船长的再三催促下，恋恋不舍地上了客船。

跟池故渊一同走的汤娅茹问道："你不跟小鱼好好告别吗？"

池故渊望着越来越远的远人岛，平静地说："我想我们已经告别过了。"他将那颗珍珠，放在装有海螺的衣兜里。

他抬头，突然看到白色的灯塔上那抹水蓝色身影，站在窗边，他看不清她的表情，可是他知道她在看他。

池故渊的心沉了一下，比溺水时的窒息还要难受。

他想，他跟小鱼应该不会再见面了吧。

从此，他们将隔着太平洋，遥遥相望。

第五章

破天荒的事情，愿意陪你去做

纽约肯尼迪机场。

池故渊风尘仆仆地归来，刚走出登机口便看见前来接机的父亲和 Adele。池故渊惊讶于父亲竟然会抽空来接他，但当他看清父亲的表情时，便什么都明白了，父亲是害怕失去他。

池鑫给了池故渊一个拥抱，眼角笑出了皱纹："我就知道你一定会回来。"

池故渊抿嘴一笑："金融街没了我可不行。"

车子开进纽约市中心，池故渊望着街上各种肤色的行人，以及拔地而起的高楼大厦，突然有些不适应。这里的空气，似乎跟远人岛相比差太远了，他有些心塞和郁闷，摇上车窗。

池故渊一回到美国，便立马去了公司上班。他走的这一个月，公司并没有因为他而停滞不前，一切都在正常运转，少了他，父亲和 Adele 同样可以撑起这片天。他不知怎的，心里多多少少有些失落，或许是他把自己想得太重要了。

晚上，池故渊的那群"狐朋狗友"为他举办了接风宴，他们并不知道池故渊去当了灯塔守护者，只知道他平白无故地消失了一个月，说什么都要让他给个交代。

会所位于大厦的十八楼，室内灯光和装潢极其奢华浪漫，一面巨大的落地窗将纽约的夜景尽收眼底，璀璨的时代广场，两端伸展开缓缓流动的车河，这里的繁华冶艳，与从远人岛的灯塔上眺望的海景截然不同。

前者像妖娆而张扬的宴会女王，华丽的大衣下裹着多少骚动不安的灵魂，后者像衣不完采的少女，独处于世，静静地婆娑起舞。

包厢里，池故渊坐在落地窗旁的沙发上，他又恢复了一个月前精致的金融精英模样，他所拥有的一切都没变，但又好像有什么东西悄然改变了。

兄弟万子霄给他叫来了一群模特，个个身高在一米七以上，肤白貌美大长腿，有两个是金发碧眼的外国人，池故渊看到一个酒红色头发、水蓝色长裙的倩影时心突然动了一下，站起身来。

他看仔细了，才发现那是张外国人的脸，五官深邃，气质与小鱼截然相反，高开衩的长裙下露出白皙的长腿，走的是性感熟女风，不是小鱼。

池故渊皱了皱眉："叫她们来做什么？"

众人见池故渊不悦，面面相觑。

万子霄连忙笑着朝那群女模特摆摆手："Benson今天想吃素，你们先出去。"Benson是池故渊的英文名。

女模特们暗暗不爽，但也只能离开。

"故渊，你这是怎么回事，兴致不高啊？"池故渊的另一个好兄弟老瞿笑道，他戴着副圆圆的金丝边框眼镜，一副斯文败类的样子。

池故渊喝了口红酒，悠悠说道："大概是累了。"

"你这一个月到底去哪儿了？"万子霄送走女模特后，坐回池故渊旁边的沙发上，跷着二郎腿。

"我说我去守灯塔了，你们信吗？"池故渊挑眉一笑。

"灯塔？你是说海边那种灯塔？"老瞿问。

池故渊微微点头。

万子霄大笑起来："那玩意儿还需要守吗？别开玩笑了。"

池故渊当初听到时也是这么想的，也觉得守灯塔是一件很可笑的事情，但他真的做了这样可笑的事情，而且一做便是一个月，还得了一面锦旗。

　　他们的私人时间不谈工作，聊的无非是豪车、美女和圈子里的那些事情，池故渊突然发觉自己对这些已经提不起兴趣了，他突然问道："你们知道这个世界上有什么生物是长生不老的吗？"

　　"哈哈，你是说乌龟吗？"万子霄和老瞿都不知道池故渊怎么会问这么奇怪的问题。

　　"是灯塔水母。"池故渊说道。

　　小鱼曾从村长那里为池故渊借来一套潜水设备，带着他去往那个广阔而深沉的水世界，在阳光穿透而来，光束聚焦处，小鱼伸开双臂，拥抱他和深蓝的大海。

　　小鱼在水中的样子很美，鱼群围绕着她，她像是一条完美无瑕的美人鱼，与海水融为一体，自在地随波游动。

　　小鱼说，在海的深处，有一种默默无闻且长生不老的生物，叫灯塔水母，它们像一颗颗跳动的心脏，笼罩在透明的玻璃罩里，只要不被其他生物攻击，便永远优雅。

　　小鱼还说，等他能够潜得更深了，便带他去深海看灯塔水母。

　　这是他们的约定。

　　池故渊猛地从那片深海的记忆里回过神来，万子霄和老瞿已经转移了话题，嘻嘻哈哈地讨论着要不要去南极撬块冰来放在酒里。

　　池故渊回到公寓已经是深夜十二点了，他住的是酒店式公寓，欧式风格的装修，现代感很强。他推开门，突然没有哪一刻像现在这般觉得自己的公寓那么大、那么空。

　　池故渊洗漱后躺到柔软的大床上，他侧过脸，似乎看到了小鱼，跟他面对面躺着时她会害羞地把头埋进被窝里，耳根子红得与她暗红色的头发融为一体。

　　池故渊叹了口气，看了眼摆放在床头柜上的海螺和珍珠以及挂在卧室里的那面锦旗，拿出手机，在相册里找到阿运曾给他发的偷拍小鱼的照片，像素很差，照片上的小鱼面容模糊，但依稀可见灿烂的笑容。

　　他越来越想念小鱼，想念她软糯的脾气，想念她甜美的脸，想念他们依偎着守灯塔的那些日子，平淡如水，却触到他柔软的心底。

　　池故渊夜里睡不着觉，他来到公寓的 24 小时室内游泳池里，游泳池空无一人，只有负责守门的保安。保安见到他很是奇怪，池故渊在这里住了很久，但从未见过他来游泳池。

　　池故渊一头扎进水里，只游了几步突然从心里升腾起莫名的恐惧感，他失去重心在水里扑腾着，溺水的窒息感又一次笼罩了他，还好他抓到了梯子，慢慢站稳。

　　失去小鱼的他，好像连游泳都不会了。

　　他又试了几次，但每次都无法让自己放松下来去感受水的浮力，他不肯放弃，直到保安发现他的不对劲过来拉他。

　　他拼命地在水里想要抓住什么。

　　他怕忘记游泳，更怕忘记小鱼。

　　三年后。

　　池故渊的父亲池鑫所创办的 FINA 金融公司计划开通亚太地区的业务，总部设在上海，接下来的日子里池故渊常常要纽约和上海两头跑，去考察市场。

池故渊来上海出差，刚在浦东机场下了飞机，便收到汤娅茹的短信，说想跟他见一面。

汤娅茹三年前被池故渊介绍到影视公司后，从龙套演员开始做起，但她怕苦嫌累，转去做了女主播，偶尔客串一些网剧的角色，日子过得不算好也不算坏。

每次汤娅茹说见他，都是有求于他，可池故渊又不得不去见，因为他想知道小鱼的消息，他听闻，他走后的这三年，小鱼代替他一直守着灯塔，仍过着无拘无束的生活。

池故渊和汤娅茹约在餐厅见面，大晚上的，汤娅茹戴着个大墨镜和宽檐帽以及口罩，将自己捂得严严实实，这样刻意地掩盖自己，反而更加引人注目。

池故渊无奈："犯得着吗？"

汤娅茹坐到池故渊面前，摘下墨镜，露出一双做了双眼皮后从杏核眼变成欧式双眼皮的眼睛，撇嘴说道："我可是有名气的，万一被我的男粉丝认出来怎么办？"

池故渊曾瞥过一眼汤娅茹的直播，滤镜美颜得厉害，差点儿都认不出来，他懒得跟这个小丫头争论，开门见山问道："说吧，这次找我又有什么事？"

"小鱼要来找我。"

池故渊一顿，怔怔地问道："你说什么？"小鱼怎么可能离开远人岛？

"她今天打电话给我，说小海丢了，可能是被人带来陆地了，她要来找。"汤娅茹不明所以，"她一直哭，话也说不清楚，我都不知道小海是谁。"

"小海丢了？"池故渊当然记得小海，他还曾因为小鱼说喜欢它而吃醋过。

小鱼是用阿运的手机打来的，池故渊跟汤娅茹要来了阿运的手机号码，打过去确认这件事情。

小鱼三年来每隔一周都会去看看小海，只要她一吹口哨，小海就会出现，但是最近几天小海却不见了，小鱼通水性，能够跟鱼儿交流，除此之外她还在岸上发现了一只搁浅的死鲸，身上布满血淋淋的伤口，小鱼隐隐感觉到小海应该是被捕捞走了。

可是这样没有方向，没有明确目标，找一只失踪的海豚犹如大海捞针。

可池故渊知道小海对小鱼来说意味着什么，意味着重生，小海是小鱼的"救命恩人"，如果没有这只善良的海豚，小鱼可能在十几年前就死于海难了。

所以哪怕是海中捞月，劳而无功，他也要帮小鱼找到小海，只要没传来不好的消息，便还有希望。

如果不是为了寻找小海，小鱼可能永远都不会离开远人岛，可见小海对她来说有多么重要。

池故渊是个商人，他以前从来不会去做徒劳无益的事情，他在商场上的每一笔赌注，哪怕风险很大，但只要结果诱人他都愿意放手一搏。可是现在，找海豚这样听起来可笑的事情，听上去像一个环保人士的白日梦，他却愿意为了小鱼尽全力。

　　池故渊让阿运保密他要帮小鱼寻找小海的事情，并推掉了第二天的会议，跟汤娅茹一起去接小鱼。

　　从上海去往临海小城的火车上，池故渊一路上都在想着再次见到小鱼时，他该用什么样的表情，做什么样的动作，说什么样的话。

　　可是他没想到自己会退却。

　　到了港口时，池故渊突然犹豫："我还是先不去打扰小鱼了吧？"

　　汤娅茹怎么劝他也没用，只好一个人站在岸边等小鱼。

　　池故渊藏到一家超市门口的灯牌处，买了包烟，站在那里抽着，一直盯着船进港的地方。

　　一个卖杂货的十岁左右的小姑娘走了过来，她拎着个篮子："哥哥，买包鱼饲料吧，可以喂鱼。"

　　池故渊摇摇头，目光仍看向海面。

　　"你是在看海鸥吗？那买个望远镜吧，只要40块钱。"小姑娘又说道。

　　池故渊终于低头看了小姑娘一眼，她仰头看着他，双目炯炯有神，皮肤是小麦色，笑容纯真可爱。他心一软，直接拿了一百块人民币给她，拿起一架望远镜："不用找了。"

　　"谢谢哥哥！"小姑娘笑着走开了。

　　池故渊拿着望远镜，也不知道该干吗，他将望远镜放在眼睛前，视线变得清晰许多，远远的海面上，似乎行驶来一艘客船，池故渊不太确定是不是小鱼坐的那艘，紧紧盯着。

他就这样用望远镜，等来一艘又一艘船，望眼欲穿。

最后他终于等到了小鱼，小鱼乘坐的那艘客船零零星星下来了些人，池故渊一眼就看到了她，她穿着水蓝色的吊带裙，外面披着件白色的薄针织衫，她的面容没变，依然很美，只是看上去有些憔悴，眼角和脸颊都挂着泪痕。

池故渊的心疼了一下。

汤娅茹接到小鱼和陶林，去了旁边的一家小餐馆。

池故渊踌躇了半天，还是跟了过去，他在餐馆门口看到三人坐在最里面的位置，他在门口的位置坐下，打算默默观望，不想店里老板娘一看到有客人进来，就热情地大喊了一声："这帅哥真帅，吃啥呀？"

店里的几个客人看了过来，池故渊连忙拿起菜单遮住脸，露出一只眼睛朝小鱼的方向看过去，还好他们并没有转头。

池故渊随便点了份炒饭，一只手拿着菜单，另一只手在手机上打字，给汤娅茹发短信：你们接下来什么打算？

你在哪里？汤娅茹很快回复。

池故渊犹豫着要不要给她报具体位置，想了想还是输入：我看到你们了。

刚点击发送按钮，他忽然隐隐感觉到身边的气场不太对，他低头斜眼看过去，看到一双穿着凉鞋的脚，白皙小巧，脚踝很美，再往上裙子的颜色是那抹熟悉的水蓝色，他蓦地抬头。

小鱼已经不知何时来到了他面前，低头看他："故渊哥哥。"

故渊哥哥……这四个字如飞石掷湖，在池故渊的心里瞬间漾开涟漪，他在梦里无数次听到这个声音，如今，真真切切地传入他的耳朵里。

"我……"池故渊变得不知所措起来，他的腿很长，而桌子的高度又太低，他随便一动不小心将桌子架起来，发出很大的声音。

"小鱼，你别生气，我不是故意要带他来见你的，但是多一个人，就多一分力量。"汤娅茹慌忙解释道。

"我知道。"小鱼的眼底只有悲伤，似乎无暇顾及她和池故渊久别重逢的心。

汤娅茹索性在池故渊身边坐下，小鱼和陶林坐在他们对面。

陶林面露尴尬，叫了声"池大哥"。

"关于找小海，你们接下来有什么计划？"池故渊努力让自己平静下来，言归正传。

"我们也不知道。"陶林一脸丧气。

"这是最靠近岛的一座海滨城市，如果小海真的被输送到陆地上的话，优先选择这里的港口最为便捷，但也不排除可能去了其他城市。我们可以先四处打听下有没有捕捞海豚的消息，最重要的一点是，我们不能透露自己的目的，而是要假装成对海豚很感兴趣的商家，比如水族馆的工作人员，有买海豚的意向。"池故渊说道。

"那我们现在就行动吧。"小鱼激动地站起来。

这时池故渊点的那份炒饭端上来了，陶林拉住小鱼："你先吃点东西吧，从昨天到今天，你什么也没吃。"

小鱼摇头："找不到小海，我没有胃口。"她朝外走去。

他们分头打听，池故渊和汤娅茹一起，汤娅茹知道池故渊看见小鱼和陶林在一起会吃醋，扯了扯他的衣服："别看了，先找到小海要紧。"

池故渊点点头，终于将视线从小鱼身上抽离开来。

池故渊先去了趟蛋糕店，买了几块面包和一瓶牛奶，递给汤娅茹。

汤娅茹摇头说不饿。

"这是给小鱼的，你帮我拿给她。"刚刚听陶林说小鱼空腹很久了，池故渊就一直记挂着，又补充道，"别说是我买的。"

"真是不懂你们，那么生分干吗？"汤娅茹悻悻地接过来，过了一会儿，她两手空空回来了，"放心吧，已经给她了。"

"她吃了吗？"

"你又没让我看着她吃下去，我给完就回来了。"汤娅茹说道。

这丫头在他面前是越来越傲慢了，想当年她还死皮赖脸地求他，池故渊摇摇头，真是女大十八变啊。

他们这一天把渔民们都打听了个遍，没有人说有见到捕获海豚的船，等到天黑了，他们还是一无所获，离开的交通工具也没了，他们只能暂且在这个小城市住一晚，天亮再辗转去其他城市的港口。

池故渊订了当地最好的酒店，他瞥了一眼小鱼的身份证，原来她也姓池，"池小鱼"这个名字正是爷爷取的。

小鱼和汤娅茹一间，在她们进门前，池故渊把汤娅茹拉到一边："你可别告诉小鱼我这些年一直在跟你打听她的消息。"

汤娅茹挑眉："有什么好处？"

"直播给你多刷点钱。"

"好嘞！"汤娅茹喜上眉梢。

池故渊不喜欢跟别人同处一屋，但又怕陶林会去找小鱼，还是将他拴在身边稳妥些，便和他入住了双人房。

晚上，池故渊躺在床上，还未完全入睡，只要一旁的陶林起身，他就抬眼看他，生怕他去隔壁房间找小鱼。

"池大哥，你还喜欢小鱼吗？"陶林突然问道。

池故渊一愣，不知道该怎么回答他，索性一动不动地装睡。

陶林知道他没睡，继续说道："你走后，我跟小鱼表白过，小鱼说等三年后给我答案，现在正好是三年了。"

池故渊心跳了一下，忍不住问："为什么要等三年？"

"因为她要为爷爷守孝三年，这三年里不会考虑恋爱的事情。我知道小鱼心里的想法，她想用时间去遗忘你，你既然不会跟小鱼在一起，就如我当初所说的那样，别再去打扰她了。小海，没有你的帮助，我们也能找。"陶林说道。

"仅凭你和小鱼两个人，很难找到小海的。"池故渊今天已经联系了一些可用的人脉资源，但因为他之前都是在美国发展，国内的熟人不是很多，所以还没那么大的能力，消息会有些迟缓。

陶林沉默了一会儿，妥协道："那等找到小海，你就离开。"

池故渊有私心，不愿答应，他翻了个身，背对着陶林："睡觉吧。"

陶林看了眼池故渊，叹了口气，从前在远人岛，他自信地觉得自己与小鱼是完全匹配的人，他爱她胜过她的每一个追求者，可是池故渊出现后他开始慌乱了，这个男人无论是从外表还是实力上，都远远高出他很多个层次。

而且最重要的是，小鱼对池故渊动心了。

隔天，他们坐轮船去邻近城市的港口，陶林和小鱼挨着坐，坐在他们同排另一侧的池故渊心里隐隐有些嫉妒，时不时朝小鱼的方向张望。

"你这也太明显了吧？干脆跟他们坐一块儿算了。"汤娅茹打趣道。

池故渊瞪了她一眼，恨不得堵上她的嘴。

到了港口，他们先去吃饭，小鱼吃得很少，几乎是一粒一粒米饭往嘴里送。

池故渊看得难受，想往小鱼的碗里夹菜，但都被陶林抢先了，可无论陶林怎么劝小鱼多吃点，小鱼依然吃不下。

见小鱼这样，池故渊寻找小海的心变得更加迫切。

汤娅茹买了个随身 Wi-Fi 开直播，号召网友们跟她一起找小海，网友们听说她在找海豚，都认为这是无稽之谈，反倒对不小心出镜的小鱼产生了很大兴趣，满屏弹幕都在刷：

"哇，那个美女是谁？"

"是戴了美瞳吗？两个瞳孔的颜色好像不一样。"

"让你的朋友多出镜吧，我愿意刷个藏宝图。"

……

汤娅茹气得直接关了直播，不甘心地看着小鱼："长得美就是好啊。"

小鱼不接话，她现在没心情跟汤娅茹讨论这些。

"要是实在找不到小海怎么办？"汤娅茹问。

小鱼突然抿了下嘴唇，眼底似乎有泪花在闪耀，她一脸倔强："不可能找不到的，我一定会找到的。"

池故渊看了汤娅茹一眼，埋怨她多嘴。

汤娅茹瘪瘪嘴，不高兴为什么池故渊和陶林这两个男人都喜欢小鱼。

晚上他们在一家小餐馆集合，分享获得的信息，依然是徒劳无功的一天。

小餐馆里热热闹闹的挤满了人，四人在一片喧嚣声中沉默了下来。

墙上挂着的电视正在播放新闻，突然跳转到某东南沿海城市，警方破获一起非法捕杀海豚的案件，新闻中拍摄到的画面十分血腥，海水被染成了深红，隔着屏幕好似都能闻到血腥的味道，令人窒息。

小鱼看到这条新闻时胃瞬间抽搐了起来，难受得想吐，她朝卫生间跑去。

池故渊抢先陶林一步，跟在小鱼后面。

小鱼趴在马桶边，她这些天本就没好好吃东西，吐出来的都是些苦水。

池故渊心疼至极，他蹲下身来，轻轻地拍了拍小鱼的背。

小鱼慢慢缓过来了，她扭过头来，双眼通红，脸色苍白得可怕。

"我们一定会找到小海的。"池故渊抽了几张纸，给小鱼擦嘴角边的污渍。

小鱼无声地哭着，任凭眼泪缓缓落下。过了很久，池故渊听见她声音哽咽道："如果小海死了怎么办？像爷爷一样去了天堂怎么办？"

"不会的。"池故渊心痛得无以复加，他轻轻抱住小鱼，"小海会像我一样，会回来的，它只是告别一段时间，也许只是调皮地想离家出走，也许只是去了其他海域散散心，或者爱上一个漂亮的姑娘跟人家私奔了也说不定，毕竟小海已经是个二十多岁的大男孩了。"

陶林站在一旁看着，忍住了想要冲上去打池故渊的心，因为再嫉妒到发狂，他也不能在这个时候给小鱼添乱。

接下来的几天，他们从沿海城市一路找过去，汤娅茹实在是受不了每天这么漫无目的地寻找，但又不敢劝小鱼放弃，正好接到一个试镜的邀约，便借口离开了，寻找海豚的旅途就只剩下池故渊、小鱼和陶林三人。

池故渊已经收到不少工作邮件，他只能利用晚上回到酒店的时间线上处理一些事情，公司那边对于他屡次缺席重要会议已经开始有怨言了。

"你如果真的很忙的话，先离开吧，我和小鱼一有消息就会通知你的。"陶林也有私心，他巴不得池故渊快点消失在小鱼眼前。

可池故渊就是舍不得放手，他三年前已经放手过一回了。

他知道放手的滋味有多痛。

他觉得他跟小鱼重逢可能是命运的安排，既然如此，他便死磕到底。

　　但是到了第七天，池故渊无法再这么任性了，父亲池鑫发现他不在上海，打来电话质问他在哪里。

　　池故渊从来没有跟父亲提起过小鱼的事情，他知道以父亲的性格，一定会进行阻挠，父亲不允许任何人成为他事业上的绊脚石。

　　池故渊只好给小鱼和陶林订好下一个城市的车票和酒店后，暂时离开了。

　　池故渊送给陶林一部手机，他回到上海后，每隔一个小时就发短信问陶林他们的动向，陶林不回信息他就电话轰炸，他只想掌握小鱼的所有活动轨迹。

　　后来，陶林索性把手机设置成静音，短信不回，电话不接，只是在每天的搜索任务结束后简单汇报一下。

　　他们仍是一无所获。

　　最后陶林告诉池故渊，他们决定先回远人岛了，因为池大爷的忌日要到了，小鱼要回去祭拜。

　　池故渊出现在去往远人岛的客船上时，小鱼和陶林都很惊讶，池故渊面无表情地说道："我也要回去参加爷爷的忌日。"他说得平静，内心却是波澜汹涌，他又推掉了很多工作，一些重要项目甚至被他直接推给对手，也就是好兄弟万子宵所在的金融公司。

　　他直接跟父亲说爷爷的忌日到了，他要去祭拜。

　　在父亲大发雷霆前，他迅速挂断了电话，将来电设置为转移到语音信箱，然后关了机。

"你以前没参加过，今年也不用来了。"小鱼淡淡地说道。

池故渊心里一怔，没有回话，默默地坐到一旁。

船舱里突然传来船长的声音："旅客朋友们，我很抱歉地通知大家，前方即将撞上礁石，因无法避开可能导致船体沉没，请速速穿上救生衣，坐上救生筏离开。"

池故渊听到这话连忙站起身来，完全顾不上自己，就将一件救生衣往小鱼头上套。小鱼莫名其妙地看他，她水性很好他是知道的，她根本不需要救生衣，可是他下意识的举动还是让她的心暖了一下。

池故渊正往自己身上穿救生衣时，船长笑着走出来："惊喜吧？"

原来是船长欢迎他回远人岛的恶作剧。池故渊舒了口气，刚刚他真的紧张和害怕到手心冒汗。他看向不正经的船长，心想远人岛的人还是这么有趣。

客船离远人岛越来越近了，池故渊看着岛上高高耸立的白色灯塔，心跳微微加快。这灯塔，好像一直静静地站立在那里等他回来，无论春夏秋冬，等着他，也等着每一个归家的人。

岛民们并不知道池故渊要来，先是陶姨看见了他，兴奋地去通知其他人，然后一传十，十传百，好多熟人都来了。

岛民们还是一如既往的热情，这让池故渊不禁有些动容。

在远人岛，有烧三周年的风俗，人去世后第三年据说能决定如何投生和转世，因此格外重要。

这次依旧是村长主持祭奠，宣读祭文，池故渊作为池大爷的孙子，需要敬献三杯清茶。

小鱼换了一条白色的长裙，整个人看上去有些阴郁和哀伤。

　　池故渊突然感到很愧疚，他作为爷爷的亲孙子在爷爷生前从未尽过孝，反倒一直是养孙女小鱼在陪伴爷爷，爷爷走后，她也未曾忘记过爷爷，每一年的祭日都没有落下。

　　祭奠结束后，岛民们将池故渊团团围住，都在好奇他这三年的离开：

　　"你是特意从美国回来的吗？"

　　"怎么三年里都不见你回来一次？"

　　"什么工作能比守灯塔还重要？"

　　……

　　噼里啪啦的问题萦绕在耳边，池故渊被问得有些不耐烦，他的注意力全在小鱼身上，看到她坐在爷爷的遗像前，沉默得像一座雕像，谁跟她搭话都不理。

　　池故渊的心情难受到极点。

　　池故渊在爷爷家里住下，他住的那间屋子已经三年没住人了，落满了灰，小鱼一直埋怨池故渊的离开，怕触景生情，所以也没收拾。

　　"池大哥，你要不住我家吧？我的床大，可以挤挤。"陶林说道。

　　池故渊知道陶林是不想他跟小鱼住在一起，他拒绝了陶林看似善意的提议，自己收拾着房间。他用抹布随便一拍，灰尘便扬了起来，呛进鼻子和喉咙里，他连咳不止。

　　小鱼在房门外瞥了一眼，没有进来帮忙，但是过了一会儿，她还是忍不住拿了床新的被子和床单过来，塞到池故渊的怀里。

池故渊被被子挤到脸，心里却很甜。

小鱼的脾气还是这么好，即便她心里再不舒服，也无法做到冷眼旁观。

爷爷的那张木质老床早已腐朽不堪，池故渊刚躺上去，"哐当"一声巨响，床直接塌了。

小鱼吓得连忙来看，只见床塌成了两半，坐在地上的池故渊疼得"哎哟哎哟"叫着。

小鱼看到池故渊这副惨样，觉得好笑，但极力憋着。

池故渊看到小鱼在笑，又故意"哎哟哎哟"矫情地叫了好几声。

小鱼终于憋不住了，笑了出来。她忙转过头去，要回自己的屋里。

池故渊在后面喊："床塌了，我今晚睡哪儿啊？"

"你睡我房间吧。"小鱼晚上要去守灯塔，自然是睡在灯塔里。

池故渊"哦"了一声。

到了晚上，他却没有在小鱼的房间睡下，而是在小鱼出门后不久，也跟去了灯塔，他沿着铁皮楼梯往上走，那些守灯塔的记忆突然间涌进了脑海。

灯塔的房间门紧闭着，池故渊轻轻地敲了敲门。

小鱼很快来开门，看见池故渊微微一愣："你怎么来了？"

"我今晚想来守灯塔。"在爷爷家里，池故渊故意不说，是怕小鱼会拒绝，便趁小鱼来了以后，紧紧地跟了过来。

"既然你想守，那我就回去了。"小鱼往外走去。

池故渊连忙拉住她。

小鱼抬头看他，一褐一蓝的异瞳在月光照耀下泛着青幽而美丽的光，他的声音变得很卑微："不能留下吗？"

"不能。"小鱼拒绝得决绝。

池故渊怔了怔，只能任由小鱼抽离，走下楼梯。

那抹白色的身影渐渐消失在他的视线里。

池故渊感到十分落寞，他失神了会儿，仔细打量着灯塔的房间，这里的一切都没有变，就连书架上的书，位置都未改变。

灯塔之外的夜色与大海，依然美得醉人，灯塔的光就像灯塔水母的生命，永生不灭。

池故渊待了一会儿，陶林就过来了，他像从前一样每晚都会过来看看小鱼，跟她聊聊天，没想到今天是池故渊在这里。

"小鱼呢？"陶林左看右看。

"她一会儿过来。"池故渊撒谎。

"那我在这里等她吧。"陶林在椅子上坐下。

等了两个小时，陶林才意识到自己可能被池故渊骗了，有些生气地离开了。

池故渊得意地笑了笑，在床上躺下，望着灯塔的天花板，自言自语："欢迎回来，今夜的灯塔守护者。"

第六章

他宁愿她讨厌自己

　　池故渊无法在远人岛久留，第二天他便跟着客船离开了，回到美国后他又恢复了以往的生活，每天像上了发条一样工作。但除此之外，他还多了一件事情要处理，即便在太平洋彼岸，仍在处处留意小海的消息。

"亚太区的负责人，由费少来担任。"公司的董事会上，池鑫宣布竞选的最终结果。

池故渊这三个月以来为这个职位做了很多努力，他感到不解，但顾全大局没有在会议上发飙，而是在散会后找到父亲。

"你想回国，想去上海，是因为远人岛吧？"池鑫是这个世界上最了解池故渊的人，之前池故渊突然要回去参加爷爷的三周年祭，他便觉得有猫腻。

对于池鑫的话，池故渊不置可否，他确实想去上海，想去离小鱼更近的地方待着，父亲在他的人生里，没少对他进行牵制和干涉，他已经习惯了，可是这一次，他开始感到不爽。

"你爷爷既然已经走了，那个岛就跟我们再没有任何关系了，那些愚昧无知的岛民能给你带来什么？别忘了他们欠你的三十万还没还！"池鑫愤愤说道。

池故渊皱眉，父亲是怎么知道那三十万的事情？他明明告诉过Adele要保密。

"那些钱是我出于人情帮他们的，没想过要他们还。"池故渊说道。

"永远不要对穷人好，我记得我教过你这个道理吧？穷人只会得寸进尺，他们对你好，是因为你有价值，你有可以索取的财富。"

池故渊不明白，父亲曾是在那个岛上长大的人，怎么能说出这么冷血的话来。

"他们难道不是你的乡亲吗？"

"我们现在是美国人，跟那个岛没有一丁点关系了，从我开始，我们池家都将是美籍华人。"池鑫当年为了能够成功移民拿到绿卡，受过不少苦，他一心只想离远人岛远远的，甚至恨不得将自己身体里的血都换一遍，只为了跟远人岛撇清纠葛。

"你为什么这么讨厌远人岛？"池故渊不解。

"因为远人岛差点儿毁了我的人生！"池鑫怒气冲天，说罢，便离开了会议室。

池故渊顿时感到茫然，他望向写字楼落地窗外的高楼大厦，无形的压迫感迎面而来，将他紧紧地囚住，让他无法呼吸。

他低头去看手机，看到汤娅茹在十分钟前给他打了好几通电话，然后又看到她发来的短信："我找到小海了！"

汤娅茹是在一家水族餐厅里发现小海的，她跟一位经常给她刷钱的金主一起吃饭，一进门便看到了玻璃缸里的海豚。她记得小鱼说过，小海的嘴角始终保持着微笑，她一开始不确定，拍了照片和视频发给陶林，很快陶林回复：这就是小海！

池故渊立马订了当天回国的一趟航班，从纽约飞到上海。

纽约直飞上海需要十五个小时，池故渊抵达时已经是北京时间第二天的下午两点了，汤娅茹一大早就接到了从远人岛赶来的小鱼和陶林，两人想要第一时间去看小海，但这家水族餐厅要等到晚上五点以后才开始营业，无论他们怎么打电话都没用。

汤娅茹便将小鱼和陶林先安顿在酒店里。

池故渊来到酒店房间，房间的门没锁，他轻轻一推就开了，里面传来汤娅茹的声音："池大哥应该很快就到了。"

"我不是让你跟他说，他不用过来吗？"小鱼说道。

池故渊听到小鱼的这句话，怔了一下，停住了开门的动作，没走进去。

"池大哥毕竟是经商多年的人，应对这种事情肯定比我们有经验。"汤娅茹劝道。

"可是我不想再跟他有任何纠葛了。"小鱼叹了口气。

池故渊的心疼了一下，原来小鱼这么不想见到他吗？他无意识地捏紧了门把手，发出响声，屋里的人都看了过来。

池故渊假装刚刚到的样子，从容地推开门走进去。

小鱼和陶林坐得很近，小鱼应该是大哭过一场，整个人看上去憔悴而无力，陶林贴着她坐着，她也没拒绝。

池故渊有些不悦，但没表现出来。不知为何，他隐隐有种预感，如果自己不再出现，小鱼和陶林可能会真的在一起。

汤娅茹给小鱼和陶林订的这家酒店是奔着经济实惠来的，房间有些简陋。池故渊皱眉，想要重新给他们订一间好的。

小鱼一口拒绝："不用了，只是个临时落脚的地方，不用那么讲究。"

小鱼一直在拒绝他的帮助，池故渊心里生气，在他们对面的椅子上坐下。

房间里顿时陷入沉默。

快到下午五点钟的时候，一行四人前往水族餐厅，水族餐厅距离酒店不是很远，走路十分钟就到。

"欢迎光临，请问一共几位？"水族餐厅里，服务员上前迎接道。

小鱼迫不及待地往里面走去，水族餐厅很大，天花板是拱形玻璃，里面自由自在地游着色彩斑斓的鱼儿，仿佛将幽蓝的海洋搬过来了。

"小海在哪里？"小鱼四处寻找，陶林和汤娅茹也跟着找。

只有池故渊比较镇定，问服务员："你们这里是不是有只海豚？"服务员点点头，带他们去看海豚。

在餐厅的最里边，小鱼终于见到了小海，它面带微笑，却一直躲在一个巨大礁石后面，如同静止的雕像，一动不动。

小海的微笑只是一种纯天然的状态，小鱼能看出它不开心。

"小海！"小鱼拍了拍玻璃，在玻璃前晃来晃去。

小海终于注意到了她，它咧开嘴，长鸣一声，迅速朝小鱼游来，它想要靠近小鱼，可是玻璃墙阻隔了他们，它就一遍遍地撞着玻璃墙，想要将玻璃撞碎。

泪水从小鱼的眼睛里簌簌落下，她看着玻璃缸里的小海，心痛不已。

池故渊也看得难受，他转身问服务员："你们店长在哪里？我有笔生意要跟他谈。"他将自己的名片递了过去。

服务员不懂什么生意往来，但看到池故渊高端的名片，怕耽误大事情，连忙把店长叫来。

"这只海豚，你开个价吧，我买下了。"池故渊说道。

店长尴尬一笑："这只海豚我们不卖。"

一旁的小鱼冲上前来，激动地抓着店长的胳膊："海豚属于国家二级保护动物，你们这样是犯法的！"

"小姑娘，这你可就冤枉我了，这只海豚我们是通过合法渠道买来的。"店长说道。

池故渊将小鱼拥到一边，表情冷静："我会解决好小海的事情，相信我好吗？"

小鱼定定地看着他，点了点头。

池故渊继续跟店长谈判："我出八十万元，如何？"

这只海豚买来时不过二十万，店长愣了一下，但还是有些犹豫："我们这个水族餐厅就是靠海豚吸引顾客的，你把海豚买走了，我们还怎么营业？"

"据我所知，你是被列入失信名单的老赖吧？"池故渊在来时的路上，已经动用一些关系把这家餐厅以及老板的背景调查得一清二楚了。

店长的脸色变了变。

"我也不去追究你这只海豚是怎么来的了，要么八十万一口价卖给我，要么，让你这家店关门倒闭也不是一件难事。"池故渊眯了下眼睛，面色冷峻。

店长有些怕了，他刚刚看到池故渊名片上写着的 FINA 公司，这是一家在美国上市的金融公司，而它的创办人正是一位姓池的华人，他不敢妄自猜测池故渊的身份，但隐隐感觉池故渊是有很大的权势的。

餐厅刚开业不久，他可不想摊上什么大事情，只好妥协："你现在把钱打过来的话，海豚就可以带走。"

池故渊二话不说，立马把钱打到对方的银行卡里，然后联系了搬运公司。

在等搬运公司过来的时间里，小鱼找到水族玻璃缸的入口，纵身一跳，吓得店员以为她要自杀，想要去救她。

池故渊抿嘴一笑："她可是美人鱼。"

小鱼的身影在蔚蓝的水里穿梭自如，她很快在一群小鱼中间找到小海，小海兴奋地朝她扑来，带着久别重逢的喜悦，又是亲又是鸣叫，小鱼紧紧地抱住它，一片深蓝中，一人一鱼热烈地相拥。

池故渊透过玻璃看着里面的小鱼，有些沉醉，她很美，仿佛存在于深海里的美人鱼。

他见过的美女很多，可都远远不及小鱼。

她是独一无二的。

搬运公司将小海装进一辆带有大水缸的大卡车里，小鱼仍旧不放心，想要跟着，但大水缸已容纳不下她了。

池故渊租了辆车，载着小鱼和陶林一路跟在大卡车后面。

"你为什么不把那家店告上法庭？明明他们这样做是犯法的。"坐在后排的小鱼问池故渊。

"追究起来太麻烦。"能够用钱直接摆平的事情，池故渊向来刻不容缓，他耐着性子解释，"你有想过将他们告上法庭的话，这其中的流程有多复杂吗？而且还可能面临败诉的风险，就算最后胜诉了，中间也要经过漫长的时间，那么小海还要再作为表演动物在里面待很久，而且将小海解救出来后，我们还不一定能够亲手将它送回家。"

亲爱的
岛屿

　　小鱼被池故渊说服了，沉默了会儿，开口道："那八十万，我
会还你的。"

　　池故渊听小鱼这么跟他见外，心里感到很不适，声音低沉："不
用，就当是做慈善了。"

　　"不行，我说到做到，一定会还的。"小鱼语气坚定，她不想
亏欠池故渊。

　　"怎么还？凭你十年攒五十块钱吗？那你可能到下辈子都还不
完了。"池故渊似有些嘲讽地说道。

　　他的话一下子把小鱼激怒了，小鱼扭头看向窗外，不说话了。

　　陶林夹在他们中间十分尴尬，缓和气氛地对池故渊说道："小
海的事情，真是谢谢你了。"

　　池故渊"嗯"了一声，其实他只是想要小鱼的一句"谢谢"而已，
可偏偏小鱼的性子有些偏执，柔软的时候很温柔，倔强的时候又跟
块钢铁一样。

　　为了将小海运送到原先的海域，池故渊又租了艘很大的轮船，
这一路的运输费算下来，已经有十万元了。

　　小海终于回到原来的家里，它兴高采烈地在海里跳跃。

　　小鱼跳进海里，跟小海嬉戏玩耍了一会儿。

　　马不停蹄地护送小海回来，池故渊已经两天没合眼了，他又困
又乏，晚上在远人岛住下。

　　池故渊推开爷爷房间的门，上次坏掉的床小鱼并没有找人来修，
就任由它塌着，他心里很不高兴，看来小鱼是做好他不回来的打算

了。

池故渊在小鱼的房间先睡下。她的房间一切从简，只有一张桌子和一张床，却有不少来自海洋的装饰品，窗台上挂着她手工做的贝壳风铃，床边整齐地铺着一排排漂亮的海星、海螺和贝壳，像一条美丽的毯子。

池故渊沾到床就睡过去了，他醒来时天已经黑了，小鱼不在家，但给他留了晚饭，她应该是守灯塔去了。

晚饭只有蟹黄粥和小青菜，但池故渊吃得很满足，小鱼做的饭菜还是一如既往的美味和让他眷恋。

吃饱后，池故渊去灯塔找小鱼，他突然幼稚地想要吓小鱼一下，便没有敲门，正好门没锁，他轻轻地推开。

但是推到一半，他就愣住了，房间里不止有小鱼，还有陶林。

小鱼趴在窗前的桌子上似乎是睡着了，陶林想要将她抱到床上，但看着她安然熟睡的模样，害怕将她吵醒，又忍不住想要去亲她。

就在陶林的嘴快碰到小鱼的脸颊时，池故渊及时地咳了一声。

陶林被吓了一跳，看向门外，发现是池故渊后脸色不悦。

池故渊佯装没事地走进来，在床上坐下。

"池大哥，能出去谈谈吗？"陶林小声地问道。

"不能。"池故渊声音冷漠。他知道陶林想说什么，无非是让他不要再来打扰小鱼之类的话。

陶林脸色僵了一下，嘴角抽了抽，一副想要揍池故渊又不敢动手的模样。

陶林想起晚上还要帮妈妈腌制鱼干，妈妈已经发来短信不停催促他了，他只好先离开。

陶林离开不久，小鱼便醒了过来，她揉揉眼睛，转身看到坐在床上闭目养神的池故渊很惊讶。

池故渊听见小鱼的动静，睁开眼，看她，目光如炬："刚刚陶林趁你睡觉的时候要亲你。"

"哦。"小鱼像是听见一件稀松平常的事情，没多大反应。

"他要是真亲你，你会拒绝吗？"池故渊问。

"不会。"小鱼没有犹豫地答道。

池故渊"噌"地从床上站起来，大步跨到小鱼面前："为什么？你喜欢上他了？"

池故渊本来个子就高，他站着，犹如一堵突如其来的黑墙，将小鱼笼罩在其中，她顿了顿："喜不喜欢有什么关系呢？"

"当然有关系，只有你喜欢一个人，才能让他亲！"池故渊弯下身子，伸出手捏住小鱼的下巴，脸贴上前去。

小鱼向后靠，背部顶在桌子上，发出"哐当"一声响，她目不转睛地看着池故渊，一褐一蓝的异瞳分外美丽，但看不出什么波澜。

池故渊终于再也忍不住三年以来的渴望，他低下头，狠狠地吻了上去。他的吻很深沉，火热的气息直接压住了她的双唇，他的另一只手绕到小鱼的身后，扣住她的后脑勺，微微发力，想让她再与自己靠近些，恨不得与她融为一体。

他无法形容，这三年来他有多想念小鱼，曾经他是万花丛中过，片叶不沾身的人，身边从不缺女人，因为对于他们这样的人来说，女人不过是出席一些聚会时必不可少的点缀。

可是后来他变了，他懒得再靠近任何女人，对于主动贴上来的佳人也提不起兴趣，他甚至为了强迫自己忘掉小鱼，而与其他女人接触，可是在两人肌肤触碰的那一瞬间，他蓦地想起小鱼，觉得自己背叛了她，他停下动作，冷漠地穿上衣服走人。

但小鱼却没有像他一样一往情深，而是打算接纳另一个男人，这让他感到十分不爽。

仿佛远人岛的记忆，三年来的情有独钟，只是一场笑话。

池故渊的吻快要让小鱼喘不过气来了，小鱼察觉到他的失控，他放在她后脑勺的手下滑到大腿处，不断地撩拨起她的裙子，一层一层，然后探了进去，冰凉的手指触碰到她大腿的肌肤。

小鱼一瞬间清醒过来，如电光石火般，猛地推开池故渊。

池故渊向后跌坐在床上，看着窗边美丽的小鱼，怔了怔，回过神来，失声笑道："你是不是已经不喜欢我了？"

小鱼眨了眨眼睛，下了很大的决心："是，我已经不喜欢你了。"她用了三年的时间终于明白，他们不是一个世界的人，她当初抱有一丝丝的希冀渴望他留下来，但终究打动不了他。

她在最想念他的时候，曾借来手机搜索他的新闻，看到网上对他情史的扒皮，他历任女友，有豪门千金，有年轻的女企业家，也有模特明星，怎么可能为自己这样一个微不足道的人停留？

是她自视甚高了。

他生活在他快乐的王国里，她就不该非要将他拽下来。

他是天，她是海，他们注定无法在一起。

"不可能！"池故渊狂吼了出来，他不相信小鱼已经不喜欢他了。

　　"你何必对这里念念不忘，你不是已经离开了吗？还回来做什么？反正我们也不可能在一起。"小鱼承认自己是怨恨池故渊的，"你走吧，灯塔不需要你守。"

　　池故渊再也压抑不住心中的怒火，他知道自己这一走，小鱼可能真会一赌气跟陶林在一起了。遇见小鱼之后，他才知道自己是一个醋意那么深的人，从前不吃醋，不过是因为无所谓、不在乎罢了。

　　池故渊无法忍受小鱼跟其他男人在一起，一想到未来她可能会跟陶林结婚生子，他就崩溃得要疯掉。他的心里突然萌生了一个邪恶的想法，咬牙说了出来："你跟我走。"

　　"我不可能跟你走。"小鱼只当他是糊涂了。

　　"你不是欠我八十万吗？加上运输费，怎么着也有九十万了，你说过，你会还我。"

　　小鱼一愣："我是会还给你。"

　　"我不要金钱的方式，我只要你跟我去美国，如果你非要用钱还也行，那么请你在一分钟内还给我，你欠的是我的钱，规则就该由我来定。"池故渊知道自己现在很无耻，可是为了不失去小鱼，他什么自私的事情都做得出来。

　　一分钟内？这根本是不可能的事情，小鱼怔了怔。

　　但池故渊看起来完全不像是在开玩笑，他拿起桌子上的闹钟，对准小鱼："看好了，我从九点五十九分开始计算，等到十点整时，我必须看见九十万。"

　　"你疯了！"小鱼站起身来。

"我没有疯，放过你我才是疯了！我记得我跟你说过，我是个商人，最看重的是利益，我帮你救了小海，你就应该回报我，不然的话，我明天就让人再把小海送回水族馆去！反正我钱多的是！"

小鱼顿时沉默了，定定地看着池故渊，眼里涌出泪水，眼前的男人变得模糊和陌生起来。

池故渊看到她哭，感到心疼，可是他不能心软，纵然她恨他，他也认了，他宁愿她恨他，也不希望她忘了他。

当然如果小鱼死活不肯跟他去美国，他也无计可施，说把小鱼送回水族餐厅自然是吓唬她的，但他在赌，就像在生意场上的谈判，岿然不动等着对方松口。

商业心理学这门课程他学得很好，知道如何拿捏人的心理，没想到在爱情里，也要用这样的方式。

房间陷入一片寂静，突然闹钟到达整点，"嘀嘀嘀"地响了起来，声音清脆响亮，池故渊摁掉闹钟，看着她。

小鱼张了张嘴，两片嘴唇在轻轻颤抖："好，我跟你去美国。"

最惨的是陶林，他只是回去一趟帮妈妈腌制了下小鱼干，回来时灯塔里的氛围就不太对了，小鱼和池故渊面对面站着，小鱼的脸上挂着泪痕。

陶林心里一紧，问小鱼："出什么事了？"

"没什么事，她这是高兴呢，小鱼要跟我去美国了。"池故渊说道。

"什么？"陶林诧异得都结巴了，看向小鱼，"你、你要跟他去美国？"

小鱼点点头。

"那远人岛呢？还有灯塔呢？"陶林慌张起来。

"灯塔阿运会帮我守，毕竟他还欠我三十万。"有钱真是好使，池故渊感慨。

"这不是在开玩笑吧？"陶林怀疑起人生。

"这就是真的。"池故渊将陶林往门外推，"你先回去，我跟小鱼还有很多事情要商量。"

陶林愣愣地被池故渊推出去，站在"砰"的一声关上的门前木然了半天。

锁上门的池故渊转身意味深长地看了眼小鱼，半躺到床上，拿出手机开始订票："睡吧，我们明早就出发。"

小鱼本想跟岛民们告别一下，可是她不知道怎么说出口，想想还是算了。

池故渊订完票去看小鱼，她还在垂着眼发呆，表情看上去很迷茫。

"过来睡吧，我不会碰你的。"池故渊拍了拍他身边的位置，然后躺直了身子，盖好被子睡觉。

他很累，但睡得不是很好，迷迷糊糊的，他在等小鱼来到他身边，可是小鱼没有，他能听见闹钟每整点响一次，她坐在窗边一直守着闹钟。

除此之外，还有不甘心的陶林，在门外疯狂地敲门，但小鱼一直没来开，最后他只能坐在门口落寞地守着。

池故渊在手机上定的六点钟的闹钟和灯塔里的闹钟在同一时间响起，他醒来时头有些疼，脑袋里某根神经突突地跳着，他看向小鱼，她正趴在桌子上半睡着，伸手去关闹钟。

池故渊顺着小鱼的方向看向窗外，太阳从水平线上挣脱而出，明晃晃地挂在空中，像一团小火球镶嵌在灯塔的窗子里。

"走吧，我们该出发了。"池故渊从床上起来。

小鱼在桌子上趴的时间太久了，身子有些僵硬。她动了动，全身一阵酸痛，她双手撑在桌子上，慢慢地站起来，腿有些发软，站起来时身子突然歪了一下。

池故渊急忙伸出手搂住她，她也没挣扎，借着他的手站稳了。

池故渊恋恋不舍地放开，转身朝门外走去，一打开门，依靠在门上的陶林便摔了进来，他竟然在门口守了一晚。

陶林瞬间清醒过来，爬了起来，去拉小鱼："小鱼，这不是真的吧？你真的要跟他去美国？"

"我心意已决。"小鱼淡淡说道。

"到底发生了什么？为什么你会突然想跟他去美国？"陶林怎么也猜不到是因为池故渊拿小海要挟小鱼。

"她就是想清楚了而已。"池故渊不满陶林对小鱼的纠缠，上前一步掰开他抓着小鱼的手，牵起小鱼，"走吧。"

"小鱼！"陶林惘然地停在原地，抱头痛哭，然后又追了上去。

池故渊不想陶林再追上来，他大步走下楼梯，他的腿很长，一次可以跨两个阶梯，小鱼有些跟不上他的步伐，走得踉踉跄跄。

池故渊索性转过身来，横抱起小鱼，朝楼下走去。

小鱼像一只温顺的猫，贴在他的怀里，脸上什么表情也没有。

　　终于走出灯塔，池故渊将小鱼放下来，他租的游艇已经停泊在港口了。

　　"不回去洗漱一下吗？"身后的小鱼突然问了个很可爱的问题。

　　"船上也可以洗漱。"池故渊说道。

　　这时，陶林已经追了上来，池故渊直接横亘在他面前，不让他靠近小鱼。

　　"小鱼，你别走啊！"陶林哭成了个泪人，"你是不可能离开远人岛的！"

　　"小鱼那么好，就应该去更好的地方，过更好的生活。"池故渊冷冷说道。

　　小鱼也哭了起来："陶大哥，忘了我吧。"

　　池故渊猛地一怔，他突然想起自己也对小鱼说过这样的话，让她忘了他，可是等到她真的要忘记，他又残忍地阻止了。

　　池故渊甩甩头，将小鱼带上游艇，留下在岸边又哭又吼的陶林。

　　游艇上设施齐全，有卧室也有淋浴间，池故渊将小鱼推进淋浴间："你先好好洗个澡，然后去睡一会儿。"她一晚没睡，他很是心疼。

　　池故渊拿出随身携带的笔记本电脑，线上处理公司的事情。他又无故消失了两天，父亲已经快气疯了，以为他是因为落选亚太区负责人一事在赌气。

　　小鱼洗完澡后从淋浴间里走出来，像没看见在工作的池故渊似的，自顾自地躺到床上，盖上被子背对着他睡觉。

　　池故渊看了眼她湿漉漉的头发，皱眉："你这样不吹干头发睡觉很容易生病的。”

小鱼没理会他。

池故渊没法不去在意小鱼，只好放下手中的工作，起身拿来吹风机，在床边坐下：“你起来，我给你吹。”

小鱼终于动了动，慢吞吞地坐起来，但仍背对着他。

池故渊拿着吹风机给她吹头发，她酒红色的头发沾水后颜色更深了，近似于绯红色，越发显得她妩媚而娇艳。

小鱼没有换上淋浴间里的浴袍，而是依然穿着来时的蓝色吊带裙，两根细细的肩带间是白皙的皮肤，脖颈的弧线很美，肩膀很薄。池故渊吹着吹着忍不住往她白花花的地方瞅，体内暗暗涌动着燥热。

池故渊时不时用指尖故意游走过小鱼的脖颈和后背，她的肌肤柔软，身上带着沐浴露的清香，让他十分着迷。

小鱼对于池故渊的挑逗似乎无动于衷，一点反应也没有，池故渊歪头去看她，才发现她闭着眼睛，很累的样子。

池故渊将小鱼的头发完全吹干后才停下来，他的手很酸，这还是他第一次给女人吹头发。

“可以了。”池故渊收好吹风机。

小鱼直直地躺回床上，沉沉睡去，小脸红扑扑的。

池故渊忍住了亲吻她的冲动，给她盖好被子，回到笔记本电脑前，继续工作。

游艇上的工作人员送来做好的食物，池故渊见小鱼睡得正香，不忍心叫她起来，便吃了自己的那份。

吃饱饭后池故渊有些困乏，他轻手轻脚地躺到小鱼身边，不知

不觉就睡了两个小时，醒来时小鱼正好也睁开眼睛，两人就这样对
视上。

小鱼的眼神似有些迷惘，她眨了眨眼睛，慢慢坐起身来，看向
窗外，船还在海上漂着。

"饿不饿？吃点东西吧。"池故渊也爬起来。

小鱼点点头，走到桌子前。

"等一下！"池故渊走过去，将几碟冷掉的菜放进微波炉里加
热，再端到她面前，"可以吃了。"

小鱼低头细嚼慢咽着吃起来，吃到一些远人岛没有的食物时，
她的表情变得有些惊奇，然后细细地品尝着。

池故渊看着她细微的表情变化，觉得十分可爱，看着她吃饭，
原来也是一种幸福。

游艇到达港口后，池故渊立马带小鱼去办理护照，但护照加急
办理下来也需要一个星期，加上之后还要办理美签，至少也要一个
月的时间，没有办法立即去美国。

"我可以先回远人岛待着吗？"小鱼并不想在上海待一个月，
见池故渊有些犹豫，她立即补充道，"你放心，我肯定会跟你去美
国的，我说到做到，只是，我觉得用一个月的时间来跟岛民们告别，
比较好。"

确实，让小鱼就这样离开生活了十三年的远人岛太过仓促，池
故渊思索再三，答应下来："那等美签面试的时候我再接你过来。"

池故渊打算带小鱼去商场买衣服，她在远人岛的那几条裙子虽

然好看，但已经穿很久了，有些地方都破了好几个洞，他看着心疼。

车子行驶在马路上，街道两旁高楼林立，行人打扮得精致而时髦，颇有大城市的精致感，小鱼不禁感叹时代发展得很快。

池故渊带小鱼来到一家少女品牌的服装店，他的眼光和品位很好，给小鱼挑的几条裙子都很符合她的身材和气质。

柜姐啧啧感叹着小鱼的颜值："你是混血儿吗，长得也太好看了吧。"

但是当小鱼看到吊牌上的价格时，直接被吓住了，一条裙子竟然标价一千一。

她眨眨眼睛，确定自己没看错，将裙子放了回去。

"不喜欢吗？"池故渊问。

小鱼摇摇头："太贵了。"在远人岛，一条裙子也就几十块钱。

"喜欢就买，我付钱。"池故渊大大方方地说道。

小鱼继续摇头："我不想欠你那么多。"

池故渊听到这话有些生气，他直接将那几条裙子重新拿下来，径直走到柜台前付款："这些裙子都要了。"

"好的。"柜姐一脸欣喜。

"我不要！"小鱼追了上来。

柜姐面色变得尴尬起来，看向池故渊。

池故渊很固执，脸色也不太好看："我偏要买，你若不穿的话，就扔了吧。"

小鱼气得脸色铁青，走出服装店。

池故渊付款后提着袋子去找小鱼，默默地跟在她身后。以前他给那些女人买东西时，对方都欢喜得不得了，哪像现在，明明自己花了钱，却还讨个不开心，如果不是因为喜欢小鱼，他早就甩手走人了。

小鱼知道池故渊在自己身后，故意加快步伐，但池故渊腿很长，三两步就追上了她。

走到内衣店时，池故渊强行将小鱼拉了进去，他是个情场老手，看女人身材的码数向来很准，他一连拿了好几套符合小鱼尺码的内衣内裤，也不看上面的价格，直接递给导购员，让对方包起来。

导购员看池故渊这么熟练，还以为两人是处了很多年的老夫老妻，朝小鱼笑道："你先生可真宠你啊，挑的这几套都是质量最好的。"

小鱼没有说话，她不喜欢池故渊这样为自己破费。

池故渊暴躁的情绪缓和了些，低声跟小鱼说道："这些钱我花得心甘情愿，不用你还。"

之后池故渊还带小鱼去买化妆品和护肤品，小鱼仍旧拒绝："我从来不用化妆品。"

化妆品的柜姐听到这话时以为小鱼在装，往小鱼脸上仔细瞅了瞅，才发现她确实是素面朝天，肌肤吹弹可破，顿时羡慕道："你用的是什么护肤品啊，皮肤这么好。"

"我从不用护肤品。"小鱼诚实说道。

若不是池故渊了解小鱼，听到这话肯定也不信，远人岛紫外线那么强烈，小鱼又整天暴晒和下海，但皮肤确实好得没有瑕疵，真是一副天生的好皮囊。

但池故渊还是执拗地给小鱼买了些贵妇级别的护肤品："你如果不要的话，可以拿去送给花婆婆陶姨她们。"

　　小鱼知道自己劝不动池故渊，只好选择接受。

　　他们在商场逛了很久，池故渊大包小包地拎着走在小鱼旁边，惹得不少女生艳羡连连，埋怨自己的男朋友："你看看人家，长得帅，还舍得花钱。"

　　池故渊听到这话心中暗笑，看向小鱼，似乎在求夸奖。

　　小鱼嘴角一抿，有些心软："你以后别再为我花这么多了。"

　　"给你花钱我开心。"池故渊恨不得把天上的星星和月亮都摘来给她。

　　两人直接逛到了饭点儿，池故渊带小鱼去吃火锅。

　　在远人岛小鱼一般都是吃家常菜，做饭时用的调料无非是酱醋盐葱花蒜这些，一下子看到各式调料，她有些兴奋，每一样都尝了点，然后很快调制出最符合自己口味的调料碗。

　　这一顿火锅小鱼吃得津津有味，池故渊看着她满足的模样，笑了笑。

　　吃火锅的间隙，池故渊假借去卫生间离开了下，他在手机上订了几间酒店的大床房，又特意打电话跟酒店前台打好招呼，要他们到时候撒谎酒店房间只剩下一间了，这样小鱼就能顺理成章地跟他住一间房了。

　　晚上去酒店，前台没有辜负池故渊所望，欺骗小鱼道："不好意思，我们酒店只剩下最后一间房了。"

池故渊戏演得很足，他又带小鱼去了其他酒店，每间酒店给的回复都是一样的，小鱼有些乏了，不想继续寻找，只好同意入住。

计谋得逞的池故渊内心有些小欢喜，连步伐都轻快了许多。

推开房间门，两人才发现浴室原来是透明的，这倒是不在池故渊的计划之中，他呆了一下："你放心吧，我不会偷看你的。"

池故渊背对着浴室，继续处理工作。

池故渊是没有转身不假，但他通过反光的黑色屏幕还是依稀可见浴室中的小鱼，她脱了衣服，身材姣好，前凸后翘。

等小鱼从浴室里出来，他又立马切换到工作模式，假装在认真研究股票走势。

"我洗好了。"小鱼以为池故渊不知道自己出来，提醒了一声。

"嗯。"池故渊点头，合上电脑，慢慢装过身来。小鱼换了酒店的白色浴袍，如出水芙蓉般，楚楚动人。

轮到池故渊洗澡的时候，他巴不得小鱼偷看他，这样她就可以看到他苦练出来的结实的八块腹肌和紧致的身材了，但小鱼在他进浴室后，就直接钻进了被窝，一直背对着浴室。

池故渊洗完澡回到床上，发现小鱼已经睡着了。他无奈地摇头，在她身旁躺下，很快也睡着了。

这一晚池故渊突然梦到了小鱼，梦到他们在深海潜水，看到了美丽的灯塔水母，可是小鱼却突然放开了他的手，往上游，他追了上去，浮出水面，海面一望无际，不见小鱼的身影。

他慌了，重新潜回水里去寻找小鱼，突然一阵海浪扑来，卷着他朝一个黑色的洞穴漂去，任他怎么挣扎都无济于事。巨大的窒息感瞬间包裹了他，他找不到方向，也无法抓住什么，他越来越感到恐惧，拼命地想要逆流而上。

啊……池故渊惊醒了过来，看到身边熟睡着的小鱼时心才安了下来，他舒了口气，摸了摸疼得发紧的太阳穴，重新躺好。

他轻轻牵住小鱼的手，这一次，他无论如何都不会再放开她了。

第七章
囚在笼中的金丝雀

　　小鱼在隔天回到远人岛时，陶林欣喜若狂，小鱼昨天离开，他通知了岛上所有人，希望他们能让小鱼回来。

　　村长、牛大爷和花婆婆等人都不相信小鱼会离开远人岛，毕竟船长也没有送她出岛，以为陶林是在说胡话，小鱼只是去了不远处玩耍而已。

直到小鱼出现在他们面前，冷静地告诉他们这一切都是真的：
"我一个月后就跟故渊哥哥离开远人岛。"

"是为了爱情吗？"花婆婆提及"爱情"这两个字时，显得尤
为激动。

小鱼没有应答。

岛民们都尊重小鱼的意见，毕竟小鱼在远人岛无亲无故，她就
像一条自由自在的鱼儿，十三年前突然来到远人岛，也可能在某一
天离开。

只有陶林坚决反对，他想尽办法让小鱼留下，并且跟她真挚告
白，告诉她自己已经喜欢她十三年了。但小鱼拒绝了他的告白："陶
大哥，小鱼不值得你喜欢。"

"不，你值得我用一生去喜欢。"

"我要怎么做你才会放弃？"

"我不会放弃的，就算你心里有池故渊我也不介意。"

小鱼自知无法劝动陶林，只好开始远离他。但陶林就跟个影子
似的，小鱼在爷爷家里，他就在门口守着，小鱼去灯塔，他也跟着去。

池故渊这一个月先回了美国，他似乎早就知道陶林会死缠烂打
似的，便派了阿运盯着，只要陶林想跟小鱼有亲昵的行为，阿运便
出手阻止，气得陶林质问阿运："你到底是我们岛上的人，还是池
故渊那边的人？"

"池大哥帮我还了三十万的债，我已经是他的人了。"阿运理
直气壮，"我只知道自己是个知恩图报的人。"

陶林又气又恨，却无计可施，奈何他处处都不是池故渊的对手。

池故渊直接用小鱼的名义在上海买了房，并将一些财产转移到她名下，如此一来，小鱼办美签就顺利多了。

面签的时候，当面试官问小鱼为什么想去美国时。

小鱼想了想，一双异瞳灵动而美丽，她微微抿了下嘴："因为他。"

美签批下来的那天，池故渊连夜从纽约飞来上海，辗转去远人岛接小鱼。

岛民们纷纷来送小鱼，并各种嘱咐池故渊：

"你要好好照顾小鱼啊。"

"到了那边也不要忘记我们。"

"记得常回远人岛看看。"

……

池故渊犹记得他三年前离开远人岛时，岛民们也是这般热情，他们曾因为他不愿意守灯塔而怒骂他是不孝子，但一个月之约结束后，他们照原先的承诺不去强求他，尊重他离开的意愿，这般守信用和讲道理让池故渊十分动容。

陶林依旧舍不得小鱼，哭哭啼啼的，被阿运强行抱住。

阿运朝池故渊嘻笑道："池大哥，你放心吧，灯塔我会替你好好守的。"

池故渊抬头看了眼灯塔，这座他们池家世世代代守护的灯塔，到他父亲这一代真的要断了吗？他心里不知怎的泛起酸楚。

从上海飞往纽约的航班上，小鱼坐在窗边，望着蔚蓝的大海，从前她都是游在海里，不曾俯瞰过它，原来从高空看大海，大海就像一块渐变的玉石，广阔而神秘，远人岛变得很小很小，小到仿佛只是大海的一滴泪。

这是小鱼第一次坐飞机，也是和池故渊一起第一次坐飞机，池故渊还想跟小鱼经历很多很多事情的第一次。

他想要与她分享他所有的一切，他所经历过的、看见过的、品尝过的，所有美好的事物。

池故渊将小鱼的座椅调成平躺模式："你要是困的话可以睡会儿。"他将披在她腿上的毯子往上拉了拉。

但小鱼的视线始终舍不得离开窗外，她看看越来越远的大海，又看看飞机穿越过的云层。

飞机一直往东，跨越太平洋的航程终于在十几个小时后结束。

他们起飞时是北京时间下午四点，到达纽约是傍晚时分，池故渊跟小鱼解释道："纽约比中国晚十三个小时。"

小鱼点点头。

两人走出机场，池故渊叫来的专车已经在门口等候了，他和小鱼一前一后上了车，到了市中心，夜幕已经降临，璀璨灯火将整座城市照得亮如白昼，川流不息的汽车，熙熙攘攘的行人，繁华都市夜晚的喧嚣热闹与五光十色在这里体现得淋漓尽致。

池故渊带着小鱼回到公寓，推开门小鱼便感受到一股清冷的气息，偌大的房子，装饰着精致却冷冰冰的艺术品，每一件家具人工的痕迹很重，缺少了人情味。

池故渊事先通知过保姆倪姨，告诉她今后将有个女人住在这里，让她收拾好客房。池故渊先带小鱼去看了他的卧室，卧室进门的第一眼，便看到了那面红红的锦旗，上面绣着两行字"伟大的灯塔守护者，池故渊"，正是村长颁发给池故渊的那面，床头柜上有一盏台灯，台灯旁只摆放着两样东西，一枚海螺和一颗珍珠。

这是池故渊从远人岛带来的最为珍贵的东西，他都留着。

小鱼心里倏地一动，没有说话。

池故渊再带她看客房："这是你的房间，当然你要是跟我一块儿住更好。"

"我住这间吧。"小鱼不假思索地选择了客房。

"你刚到可能会有些水土不服，需要先倒时差适应美国时间。"池故渊看了眼时间，已经晚上十点了，"你现在可能睡不着，但还是得强迫自己睡。"

小鱼点点头，她虽然这么应答着，但晚上果不其然地失眠了，一方面是因为时差没能调整过来，二是刚到一个完全陌生的环境，她感到无所适从。

池故渊似乎知道她会失眠似的，敲了敲她的门："睡了吗？"

过了一会儿，他听到小鱼的应答："还没。"

小鱼来开门，池故渊拿着两个蓝牙音响走进去，他摆弄了一番，调出已经下载好的音频。

海浪翻滚的声音从音响里传来，回响在整个房间，如同枕在海边。

"怕你睡不着，听听大海的声音会好些。"池故渊说道。

小鱼躺回床上，闭上眼睛，仿佛又回到了远人岛，她乘着一朵朵浪花，风轻轻地拂过她的脸颊，海水的声音欢快而绵长。

小鱼听着海浪声，不知不觉地睡去。

池故渊等小鱼完全睡着了，才将音响关掉，静静地离开客房。

第二天一大早，小鱼还没醒来，池故渊先去公司了，他给小鱼留了一大堆便利贴，贴在屋子的各个角落，告诉她卫生间里写着英文的瓶瓶罐罐是做什么的，早餐摆在哪里，以及不要忘记想他。

小鱼是在早餐旁边看到这张"不要忘记想我"的便利贴，早餐很应景地做了个爱心煎蛋，心形很整齐。

幼稚却很浪漫，小鱼不自觉地上扬了一下嘴角。

小鱼正吃着早餐，每天都过来打扫和整理的倪姨进门看到了她，和善地笑了笑："你就是池先生带回来的女孩吧？"

小鱼点头，池故渊有在便利贴上嘱咐她保姆会过来，她猜想眼前的中年女人应该就是保姆。

"我姓倪，叫我倪姨就好了。"

"倪姨好，我叫小鱼。"

"小鱼？"倪姨打量了一番小鱼，夸赞道，"长得可真好看啊，池先生的眼光真好。"

小鱼不太习惯跟陌生人说话，她低下头，继续吃着早餐。

倪姨一边动手打扫起来，一边说："你还是池先生带回家的第一个女孩呢，看来你对他很重要。"

小鱼愣了一下，轻声问："他不是女朋友很多吗？"

"池先生交过的女朋友确实不少，但从不往公寓里带，就算是去了酒店或者女方家，最后也一定会回公寓睡。"

"哦。"小鱼脸色蔫蔫的，这么说前女友很多确凿无疑喽。

小鱼吃完早餐，将餐具端到厨房的洗手池正要洗时，倪姨连忙凑了过来阻止她："哎哟，你怎么能动手洗呢？摆着交给我就行了。"

"可……"小鱼向来都是自己做饭自己洗碗，突然被人这么伺候，感到很不习惯。

"你就好好休息吧，看看电视或者看看书都可以。"倪姨笑道。

小鱼坐到沙发上，朝窗外看去，鳞次栉比的高楼大厦让她感到窒息，这里的房子都这么高吗？

她感到有些烦闷，打开电视，随意挑了部有中文字幕的电影，明明是国产片，却是英语配音，她听着觉得别扭极了。

小鱼便退了出来，重新找其他电影，她花了快一个小时，也没有找到喜欢看的。

"池先生说，你要是嫌闷的话，我可以带你出去转转。"倪姨正要出门买菜，询问小鱼要不要一块儿。

小鱼关掉电视，跟着倪姨出门了。

两人走在街上，身边全是金发碧眼的外国人，有些年轻的小伙子看到漂亮的小鱼，会忍不住吹口哨想引起她的注意。

倪姨瞪了他们一眼，拉紧小鱼的手："不用理他们。"

"嗯。"小鱼贴着倪姨更近了，超市离公寓很近，拐过一条街便到。

超市很大，有两层，小鱼不禁想起汤叔叔的小卖铺，他的小卖铺虽然不大，但岛民们想要的东西都能在那里找到，如果没有的话还能预订，汤叔叔出海时就会给他们带回来。

"你要买什么随便拿，池先生给了钱的。"倪姨说道。

货架上摆放着各式各样的商品，但小鱼看不懂英文，只能根据图样大概猜测，她想了想，自己好像也没有什么非买不可的东西。

"你会说英文吗？"倪姨见小鱼一脸茫然。

小鱼摇头。

倪姨反应过来："早知道就带你去唐人街了，那里有很多中国商品。"

"唐人街？"

"就是中国人聚居的地方，一会儿可以带你去看看。"倪姨挑着蔬菜和肉，"你有想吃的菜吗？"

"想吃鱼。"海鲜一直是小鱼的心头爱，即便在远人岛经常吃，她也不会觉得腻。

"正好我认识一家卖的鱼还不错，就在唐人街。"倪姨在超市里选购完商品后，带小鱼去了唐人街，虽然不是很远，但要拐过好几个路口，小鱼一下子就被绕晕了。

到了唐人街，就仿佛回到了中国，亚洲面孔多了起来，街道两边的商铺和小摊写着熟悉的中文，讨价还价的声音是普通话，街口还有中文报摊。

小鱼很喜欢这个地方，这里让她多了些归属感。

倪姨是跟随考上大学的儿子来到美国的，在纽约已经混了十年了，她对这里的一切已经了如指掌，很多店铺的老板她都认识。

她来到卖海鲜的小摊前，老板是个中年男人，笑道："哟，来了。"

小鱼跟在倪姨后面，指了指盆里的一条鲫鱼："要这条。"

老板看了小鱼一眼，笑笑："小姑娘真会挑，这条鱼很不错的。"

小鱼抿嘴一笑。

老板三两下将鱼鳞去除干净，处理好后把鱼装进一个黑袋子里，递过来。

倪姨忙着掏钱，没有去接，小鱼便拿了过来。

倪姨付完钱后，想要拿过黑袋子。

"不用，我拿吧。"小鱼见倪姨手上已经拎了太多东西。

倪姨感叹道："性格真好。"

回去的路上，小鱼特意记了一下唐人街到公寓的路线，和一些比较显著的地标。

公司里，池故渊心里一直记挂着小鱼，他本想抽时间回公寓一趟，但公司事情太多走不开，上午开完会，下午见客户，晚上还有应酬。

他又怕父亲和 Adele 察觉出他的异样，只好尽力压着自己不安和思念的情绪。

倪姨给池故渊发来她和小鱼一起逛唐人街的消息，池故渊有些担心，回道：看好她，注意安全。

倪姨收到这条短信时笑了笑，给小鱼看："不过是逛个街，池先生都这么关心你，看来他真的很喜欢你。"

小鱼心里倏地一动。

池故渊又给倪姨发了条短信，让她转告小鱼自己晚上还有应酬。

"池先生说晚上会晚些回来。"倪姨如实转述给小鱼。

小鱼点头，心想原来池故渊在美国的工作这么忙吗？

回到公寓，倪姨给小鱼做午饭，小鱼想要帮忙，又被倪姨谢绝了。

等倪姨做好饭菜，小鱼坐到餐桌前尝了尝，倒不是做得不好吃，只是不是她想要的口味。

但小鱼不好意思跟倪姨说实话，只能把失望收敛进心里，硬着头皮吃完了。

吃完饭后，小鱼依然闲着没事做，只好继续看电视打发无聊的时间，终于她找到一部国产动画片《小鲤鱼跃龙门》，是中文字幕中文配音。

她像是发现宝藏般，满怀欣喜地看了起来。


晚上的饭局，池故渊推开包厢的门，父亲、Adele 和客户已经先到了，费少也在场，几个看上去大学生模样的清纯女生坐在他们中间。

今晚的应酬是费少安排的，池故渊很不喜欢费少这个人，没什么实力却总是弄一些花里胡哨的东西，但恰恰这样的人最能摸准客户的喜好，他成为亚太区负责人不到两个月的时间，就已经为公司拉来了两个大客户，所配置的资产都在亿元以上。

池故渊是饭局上最年轻的，加上他长相俊气，女生们的目光时不时地往他身上瞄。池故渊无动于衷，只是坐在父亲身边随意地抽着烟，漫不经心的模样更撩人。

费少一直在说话，忙前忙后的，跟两位重要客户说说话，又频频让女生们给他们敬酒。池故渊可算是明白今晚这场饭局的用意了，费少不过是想在父亲和他面前炫耀他拉客户的能力，真是辛苦他了，池故渊在心里冷笑，盘算着什么时候离开比较合适。

"我能跟你喝杯酒吗？"坐在池故渊身边的女生已经偷瞄他很久了，忍不住搭话。

池故渊瞥了她一眼，一张脸很稚嫩："未成年不是不能饮酒吗？"他将烟灰往烟缸上轻轻弹了弹。

女生顿了一下，才反应过来他话里的意思，开心地笑起来："我已经二十岁了。"

她趁机打开话题，介绍自己："我叫祁朵朵，叫我朵朵就可以了，你叫什么名字呀？"

"不认识我吗？"池故渊在烟缸里熄灭了烟，转身跟父亲说了几句话，父亲点头，得到应允后他站起身来，去拿挂在衣架上的西服外套。

祁朵朵见池故渊要离开，有些慌，等池故渊走出包厢后，她跟身边女生说自己去下卫生间，然后追在池故渊后面，叫住他："池先生！"

池故渊转过身。

祁朵朵穿着一条米色的吊带裙，外面罩了层白纱，她小跑到池故渊面前，微微弯下腰，喘着气，胸前的春光若隐若现，跟随着呼吸起伏。

池故渊不等她说话，开口道："好好读书，比妄想攀附男人有用多了。"

祁朵朵似乎没想到池故渊说话会这么狠，呆了呆，一张涂着唇釉的樱桃小嘴微微张着，半晌说不出话来。

　　池故渊说罢，便头也不回地往门外走去，门童已经将车开过来，他坐上驾驶座，开车离去。

　　池故渊加快车速，一路上他归心似箭，只想快点回到公寓，看到小鱼。

　　公寓里熄着灯，只有电视亮着，变幻的光影映照在沙发后面光滑的墙面上，池故渊走过去，见沙发里窝着一个小小的身影，正目不转睛地盯着电视屏幕看。

　　而电视里播放着的，是一部比较老的动画片《小鲤鱼跃龙门》。

　　"喜欢看电视吗？"池故渊问。

　　小鱼没注意到有人来，吓了一跳，回头看他，点了点头，在公寓的时间变得很长，长到她只能用看电视来打发无聊。

　　"这部动画很好看？"池故渊没看过《小鲤鱼跃龙门》。

　　小鱼继续点头："里面的海洋生物都很可爱。"她继续看着，画面里突然出现了一只海豚，她怔了怔，想起小海，脸色黯淡下来。

　　池故渊递给小鱼一部手机，这是他今天在公司让文员帮他跑腿一趟买的，电话卡已经装好，并且将远人岛一些人的联络方式拷贝了进去："你拿着，如果想远人岛了，可以给村长或者娅茹发发短信。"

　　"但是，别给陶林发。"好像太霸道了些，池故渊想了想解释道，"你知道的，他现在对你没死心，你若是发短信给他，他一定会以为自己还有希望。"

"哦。"小鱼拿过手机。

池故渊坐到小鱼身边，教她怎么使用新手机。小鱼发现无论是通讯栏还是各个社交软件的对话框，池故渊永远排在最前面，他甚至还直接创建了一个桌面快捷方式，只要一点进去，就能拨通他的电话，小鱼问出心中的疑惑。

"因为我想让你一眼就能看到我。"池故渊淡淡地说道，他的心跳加快了一拍，补充道，"你有事没事都可以联系我。"

小鱼听到这话脸红了一下，故作镇定地继续摆弄着手机。

池故渊看着乖巧的低着头认真看手机的小鱼，心里倏地一动，他忍住了想要亲她一口的冲动，站起身来，朝卫生间走去："我先去洗澡了。"

池故渊洗完澡出来，小鱼还在摆弄手机，她不小心打开了手机录制视频的功能，不知道怎么关掉，弄得她有些急躁，最后只好求助池故渊："怎么关掉？它一直录着我的脸，很烦。"

都二十一世纪了，还有不会使用智能手机的成年人，真是太少见了，池故渊觉得小鱼好笑又可爱，帮她结束录像。他打开视频看了眼，内容是小鱼直直对着镜头无辜和迷茫的脸，表情微微显得焦躁，他没有删掉这段视频，还发送了一份给自己，将手机还给小鱼："好了。"

"手机太麻烦了。"小鱼把手机放在沙发前的桌子上，关掉电视，起身回客房。

"晚安。"小鱼刚走到房间门口，听见身后的池故渊说道，她

"嗯"了一声，打开房门走了进去。

接下来的几天时间，池故渊仍旧很忙，早上他出门的时候小鱼还没起床，晚上他回到家时小鱼已经差不多要睡了，他只能在小鱼睡前跟她简单聊几句，无非是问她吃得好不好，今天做了什么之类的。其实这些他都知道，因为他要求倪姨每天向他汇报小鱼的一举一动。

小鱼经常会主动提出让倪姨买菜时带上她，这成了她每天仅有的外出活动。

她对于美国的感觉依然是陌生的，有时候她在超市里离开倪姨的视线时，会遇到外国人来搭话，但她什么也听不懂，只是一个劲儿地摇头，对方以为她是哑巴，便走开了。

小鱼跟倪姨提出想要学习英语，倪姨帮她在手机上下了一些APP。小鱼几乎是零基础，她在远人岛不用学英语，也没有任何语言环境，只能从简单的 A、B、C 开始学起。

除此之外，小鱼开始尝试看一些美剧，但因为中外文化差异，她很难看懂里面的一些笑点和梗，只觉得枯燥和无聊。

这天，池故渊在会议室开着会，调成静音的手机忽然亮了起来，他随意扫了眼，看到"小鱼"两个字时差点从椅子上跳起来。他冷静了一下，连忙跑出去接听，电话接通，他一连"喂"了好几声，那边却什么声音都没有。

池故渊等了一分钟，还是没听见小鱼说话，他挂断重新拨了回去，没有人接听。池故渊变得有些不安，连忙给倪姨打电话："小鱼呢？"

正在做家务的倪姨抬头看了眼坐在沙发上的小鱼："她在看电视。"

"她没出什么事吧？"

"没有啊，好端端的。"倪姨感到奇怪。

池故渊舒了口气，又心想小鱼会不会是想自己了，所以忍不住打了电话。他嘴角微微上扬，跟倪姨说道："你把手机递给她一下。"

倪姨照做，将手机递给小鱼："是池先生。"

小鱼拿过手机放在耳边，"喂"了一声。

"你刚刚打电话给我但一直不说话，是有什么事情吗？"池故渊问。

小鱼听池故渊这么一说，才去找自己的手机，发现被她压在了屁股下面，她看了看："我不小心按到了。"

只是不小心吗？池故渊心里微微失落。

电话那头的池故渊不说话了，小鱼问："还有事吗？"

"没有，你好好看电视吧。"池故渊闷闷说道。

"好。"小鱼挂断了电话。

挂电话的速度很快，池故渊变得更加郁闷。

下午几个工人师傅上门，倪姨去迎接，小鱼以为是来修理东西的，她不想跟陌生人打照面，便回客房里待着。

小鱼拿起一个八音盒，轻轻地转动了一下，八音盒上透明水晶做成的海豚被底座发出的光染成蓝色，八音盒响起悦耳的轻音乐，仿佛海豚在歌唱。

房间还有很多物品是与海相关的，有精致美丽的贝壳挂饰，也有珍珠做成的帘子，连墙壁都刷成了大海的蔚蓝色，墙根处绘着朵朵白色的浪花。

  小鱼能感受到池故渊的用心，可这毕竟不是远人岛，她像是被囚禁在纽约某个豪华笼子里的金丝雀，她对这里只有陌生的感觉，她越来越怀念远人岛，怀念那里的人们，怀念大海和灯塔，怀念小海。

  她在这里待着的唯一一念想只有池故渊，可是她常常见不着他，两人的关系比在远人岛初见时还要生疏。她已经越来越不认识池故渊了，她甚至在想自己喜欢的，是不是只是远人岛上的那个故渊哥哥。

  周日，池故渊难得休假一天，他推掉了客户的高尔夫球邀约，想要专心陪小鱼。小鱼早上打着哈欠从房间里走出来，看到厨房里的池故渊微微一愣。

  "今天不用上班。"池故渊说道。他也给倪姨放了一天假，这一天只属于他和小鱼。

  小鱼点点头，注意到垃圾桶里被倒掉的粥，奇怪道："这是怎么回事？"

  "那是试验品。"池故渊打算给小鱼做个早餐粥，但是研究了半天食谱也没搞清楚具体流程，已经失败三次了，做出来的粥要么太咸要么索然无味。

  "还是我来做吧，你这样太浪费粮食了。"小鱼先去洗漱，然后回到厨房，熟练地淘起米来。

仿佛回到了在远人岛的日子，小鱼总是给他做饭，每顿饭虽然简单，但都很符合他的口味。

　　"需要我帮忙吗？"池故渊不忍心看小鱼双手沾水。

　　"不用。"小鱼后来跟倪姨主动提过自己做饭，倪姨也看出她不是很喜欢自己做的饭菜，便将厨房让给她了。

　　粥很快煮好，两人面对面吃着，空气很安静，只有汤匙时不时碰在瓷碗上发出的声音。

　　池故渊抬眼看小鱼，突然问道："你会恨我吗？"

　　"嗯？"小鱼也看他，一褐一蓝的眼睛纯净无比。

　　"恨我带你来美国。"

　　小鱼没有犹豫地回答："不会。"

　　池故渊心里一喜，却又听见她问："但是，能不能给我一个期限，我得在这里待多久？"

　　心瞬间沉了下去，池故渊顿了顿，缓缓说出三个字："一辈子。"

　　他要她一辈子都不离开他。

　　小鱼只是"哦"了一声，面色平静，眼底隐隐泛起一丝惘然和失落。

　　池故渊的心疼痛起来，气氛越来越压抑，他转移了话题："你有想过找亲人吗？"

　　"岛民们就是我的亲人。"

　　"我不是说他们，我是说与你有血缘关系的真正的亲人。你父母虽然不在了，但是一定还有亲戚在，你难道不想知道自己是从哪里来的吗？"只要多费些工夫，应该是能找到的。

小鱼摇摇头："他们可能都以为我已经死了吧？而且就算见到了又如何，已经十八年过去了，彼此间也没有记忆和情感，想要重新建立亲密关系也很难，就算建立了最终也要面对分别，不如不见。"爷爷当初将小鱼救起时，曾带她去找过家人，但一无所获，最后只能帮她办了新的身份证，带她回远人岛一起生活。

爷爷从未欺骗过小鱼，他会经常告诉小鱼自己并不是她真正有血缘关系的家人，并问她要不要继续找家人，而小鱼给出的是和现在一样的答案，她不想。

池故渊点头，他尊重小鱼的意愿。

"你跟我来。"吃完早餐，池故渊带小鱼到了另一个房间。

小鱼记得这个房间是书房，但推开门后，里面已经大变样了，中间摆放着一张贝壳形状的粉色沙发，地上铺着灰色的毛毯，沙发对面的墙上挂着一个巨大的屏幕。

池故渊关了灯，拿起遥控器按着，屏幕亮了起来，上面有可以选择的影片和电视剧。

小鱼看着屏幕微微一惊，原来这些天工人师傅频繁上门，是来布置家庭影院，倪姨以为小鱼知道，就没说。

里面的配置都是最高端的，在这里观影仿佛置身于豪华影院。

池故渊在屏幕上调出《蓝色星球》的纪录片，客厅的液晶电视虽然也大，但体验感远远不及这里。

"喜欢吗？"池故渊问。他看小鱼喜欢看电视，就将自己的书房改造成私人影院，送给她。

小鱼点头，心里一阵感动。

池故渊坐到小鱼身边，陪她看着。

这部纪录片采用的是 4K 超高清摄像机水下拍摄，清晰地展示了真正的海底世界，鲜艳通透的画面仿佛让人身临其境。

小鱼看得心潮澎湃，来到纽约之后，她便远离了大海，再也不曾涉足那片蔚蓝区域。

池故渊转头看小鱼，突然发现她的眼角有泪水溢了出来，一双好看的眼睛在屏幕光影幻化的映照下亮晶晶的。

池故渊感到很心疼，他觉得自己似乎太残忍了，将她带离她热爱的大海，却又给她看关于大海的纪录片，让她只能看着，却不许她拥有，这样的方式无异于在伤口上撒盐。

想到这里，池故渊便有些烦躁，胸口闷得喘不过气来，他直接关了屏幕，房间内一片漆黑。

池故渊开了灯，看着泪眼婆娑的小鱼："这里太闷了，我们出去走走吧。"

"去哪里？"小鱼问。

"你对纽约还不是很熟悉，我带你四处转转。"池故渊说道。

小鱼点头，跟着他走出房间。

两人在曼哈顿中城转了转，晚饭去韩国城吃了烤肉，点餐的时候池故渊意外发现小鱼会说几句简单的英文，譬如"yes""thank you"和"you are welcome"。

池故渊感到惊奇，小鱼抿嘴一笑："我从电视上学来的。"

小鱼没有告诉池故渊她在偷偷学英语的事情。

吃完烤肉后，他们在时代广场附近看了场百老汇的戏剧演出。散场时池故渊发现自己手机忘了拿，人群拥挤着往外走，池故渊让小鱼在门口等他，他折回去拿。

不一会儿，一个外国小女孩哭哭啼啼地走了过来，在小鱼面前停下。

小鱼连忙蹲下来安慰她，问道："你家人呢？"

小女孩还在哭，小鱼意识到对方应该听不懂中文，便用最近刚学的蹩脚英文问："Where is your family？（你家人在哪里？）"

小女孩好像依然没听懂，只是伸手指了指马路对面。

小鱼想问对方是不是要过马路，但她学的词汇有限，不知道该怎么用英语表达。看小女孩不停地哭，她也跟着焦急起来。

突然，小女孩拉过小鱼的手，要往马路那边走。

小鱼回头看了剧院一眼，池故渊还没出来，但她不放心让小孩子一个人过马路，便想着先好心送她一程。她跟在小女孩身后，踩着斑马线，殊不知离危险越来越近。

剧院里，池故渊找到手机，出来再找小鱼时，却发现她不在原地。

池故渊问门卫，门卫说没看见。

他有些慌了，在剧院门口四处寻找，都不见小鱼的影子。

还好有个好心的美国人告诉他刚刚似乎看见女生跟一个小孩走了，对方大致描述了下女生的长相，酒红色的头发，一双异瞳，听上去就是小鱼。

池故渊连忙顺着路人指的方向跑去，在一个路口的转角处看到了小鱼，她被两个混混强拉硬拽着塞进一辆面包车。

池故渊用英语大骂了一声，冲过去拉住小鱼。

混混们顿时将池故渊团团围住，池故渊起先还能跟他们打，可其中一个混混直接抓住小鱼，一把锋利的小刀抵在小鱼的脖子上，威胁池故渊住手。

小鱼早已吓得瑟瑟发抖，睁着可怜无辜的眼睛看着池故渊，泪水不住地流。

街上行人寥寥，都不予理会。

池故渊害怕小鱼受伤，只好举起双手做出投降的姿势，他用英语跟对方谈判，表示可以给他们钱，但混混只想报刚刚被打的仇，冲上来就给了他肚子几拳，又往他的膝窝重重踹了一脚。

池故渊直接弯曲双膝，跪在地上。

"故渊哥哥！"小鱼大声叫了出来，她被混混挟持着，没有办法动。

池故渊亮明自己的身份，继续耐着性子跟对方商量，他恰巧忘了带名片，对方不相信他是FINA金融公司的人，抢走了他的手机和钱包，然后将小鱼往面包车上带。

池故渊什么也顾不上了，他猛地冲过去，先是扣住混混的手，抢过小刀，然后迅速将小鱼拉进怀里，搂着她，一边挥舞着小刀跟混混们对峙。

可池故渊完全失策了，他们直接亮出了手枪。那一刻，池故渊感到了绝望，连忙将小鱼藏在身后，高大的身影严严实实地在她面前筑起了一面墙。

还好这时巡逻的警车发现了他们，亮起警灯，朝他们开来。

混混们见警察来了，跳上面包车，逃跑前从车窗里往池故渊这边开了一枪。

池故渊转身抱住小鱼，往旁边一闪，子弹擦着他的胳膊飞过去了，将旁边的橱窗射穿了一个小孔。

警察追着面包车而去，街道上恢复了宁静与平和。

小鱼在池故渊的怀里剧烈地颤抖着，手死死地拽着他的衣袖。

"没事了，已经没事了。"池故渊摸了摸小鱼的头，温柔地说道。

小鱼抬头看他，眼睛哭得红肿，她这才发现他的衣袖晕染开了一大片血渍，她吓得语无伦次："这、这……"

"不碍事的。"池故渊用公共电话亭联系了自己的私人律师和私人医生。

钱包被抢没有办法打车，池故渊忍着疼痛先开车回公寓，他满脸自责："对不起，我不应该让你离开我的视线的。"

小鱼一边摇头，一边哭："我只是带小女孩过马路，没想到会发生这样的事情。"

"那个小女孩跟那些家伙是一伙的。"

"怎么可能？"小鱼不相信。

"这些都是人贩子惯用的伎俩，利用老人或者小孩，诱骗受害人去某个地方，然后等待你的，便是地狱。这个世界很复杂，你太单纯了。"池故渊感到后怕，今天只要有一步出差池，他可能就见不到小鱼了。

"可是在远人岛，只有好人，没有坏人。"

"那只是在远人岛。"池故渊淡淡说道。确实，相比起这里，远人岛真的太安全了，他原本以为像远人岛那样穷乡僻壤的地方，小偷小摸会很多，但那里却是一个意料之外的世外桃源。

公寓里，私人医生已经到了，他给池故渊处理伤口，用纱布包扎好，嘱咐了一些注意事项后便离开了。

"还疼吗？"小鱼泪眼汪汪的。

"疼，但是有你在身边就不疼了。"池故渊躺在床上，轻轻地握住小鱼的手，"今晚留下陪我可以吗？"见小鱼迟疑，他又打趣笑道，"放心，我手受伤，想对你做什么事情也没法做啊。"

小鱼点头，躺到池故渊的身边，他的床很大，躺两个人绰绰有余。

"为什么那些人会有枪？"小鱼问。

"在美国，持枪是合法的。"

"那太危险了。"小鱼皱眉叹气。

"美国是个自由民主的社会，所以很多的事情都是合法的。你今天遇见的事情只是小概率事件，你长得这么漂亮，加上太晚了，孤身一人才会被人盯上，如果长个心眼的话就不会了。你以后要是想出去，尽量白天出门。"池故渊想起倪姨经常会带小鱼外出采购，他突然担忧起来，补充道，"公寓是最安全的，能不出去就不出去吧。"

小鱼心有余悸，纽约让她没有安全感极了。

三个小时后，池故渊联系的私人律师已经解决好混混的事情了，警方送来手机和钱包，连连向他赔礼道歉。

本以为只是普通的街头混混，没想到背后牵扯的势力还很大，那两个混混竟是专门在暗网售卖人口的，如果小鱼真的被抓走的话，后果不堪设想。

警察问池故渊要怎么处理抓到的混混，池故渊回道："Life imprisonment！"

他要他们牢底坐穿。

池故渊回到房间，小鱼躺在他的床上已经睡着了，他走过去，给她盖上被子，突然听见她梦呓着："小海，陶林，你们等等我，等等我……"

池故渊心里一沉。

早晨五点，生物钟让池故渊自动醒来，他看了眼旁边熟睡的小鱼，轻手轻脚地走下床，但小鱼还是跟着醒过来，他正从衣柜里拿出一套西服。

"你今天还要去上班吗？"小鱼问。刚起床，她的声音有些懒洋洋的。

池故渊点头："嗯，你继续睡吧。"

"不能休息几天吗？"

"你是在担心我吗？"池故渊明知故问。

小鱼点头。

池故渊心里一阵欢喜，走过去摸了摸她的头。他也很想待在家里陪小鱼，可是公司的很多事情他都无法走开："你要是想我了，就给我发短信。"

小鱼继续点头，乖巧而温顺。

池故渊受伤的是右手，他怕父亲和 Adele 察觉出异常，在公司里强忍着疼痛签字，他每隔一个小时去一趟卫生间，处理衬衫上沾的血渍。

"你最近的工作能力不太行。"池鑫对池故渊的要求一向严格，尤其是费少进公司后，拉拢了很多人。池鑫将费少调去上海也是希望分散费少在美国的一些势力，他希望美国的市场完全在他和池故渊的把控之内，池故渊在工作中虽然很少出错，但他最近总是心不在焉的。

池鑫大概推算了时间，好像就是从他突然要回远人岛参加爷爷的三周年忌日开始。

父亲已经察觉出他的异常了，他要更加努力才行，池故渊觉得压力很大，焦虑感无处不在，他好像失去了自己的生活。从前，赚得盆满钵满让他很有成就感，现在他只觉得喘不过气来。

"我会调整回来的。"池故渊应答道。

"好。"池鑫拍了下他的胳膊，正好碰到伤口。

池故渊皱了下眉，强忍着没发出声音。

池故渊回到自己的办公室，看见一条未读的短信：你今天几点回家？

发信人正是小鱼。

池故渊嘴角微微上扬，他立马查了下自己的行程安排，晚上没有事，应该能早点回家，便给小鱼回复：七点能到家。

这边小鱼收到回复，跟倪姨说道："你今天早点下班吧，我想给故渊哥哥做顿晚饭。"

"真有心。"倪姨笑了笑，"那一起去买菜吧。"

小鱼还在想昨晚发生的事情，感到后怕，可她又想亲自给池故渊挑食材，内心挣扎了一番后还是跟着倪姨去了超市。

　　倪姨察觉出小鱼的异常，她记得小鱼之前明明已经渐渐适应了，在陌生的街道上走着也能大大方方的，但今天的小鱼看上去有些惶恐，像是在害怕什么。

　　"美国会经常发生枪击案吗？"小鱼问。

　　倪姨以为小鱼是负面新闻看多了，笑道："放心吧，这附近有警察巡逻，很安全的，你看我都在这里生活十年了，也活得好好的。"

　　小鱼点头，但依然心惊肉跳，尤其是在超市里撞见一个小女孩，小女孩看小鱼漂亮，想要跟小鱼靠近些，小鱼下意识地反弹跳开，撞在了货架上。

　　货架上不少东西散落了下来，闹出挺大的动静。

　　小女孩的母亲闻讯赶来，以为小鱼欺负了自己的女儿，瞪了她一眼，连忙拉着小女孩离开了。

　　倪姨听到声响后连忙转过身来，不明所以地帮小鱼捡起地上的东西。

　　"发生了什么事？你今天看起来有些心不在焉的。"倪姨想起今早收拾屋子时看到直接扔在垃圾桶里带血渍的衣服，便又问道，"你和池先生是不是有谁受伤了？"

　　小鱼记得池故渊提醒过她不要告诉倪姨太详细的事情经过，便回应道："只是点小伤，不碍事的。"

　　倪姨懂分寸地没继续追问。

到了下午六点半，池故渊走出公司，来到大厦停车场。他刚坐进车里，便接到一个由他负责的客户打来的电话，说有一笔资金出了问题。

池故渊打开随身携带的电脑，给客户远程处理，等他弄好再看时间，竟已经两个小时过去了，他连忙往家赶。

回到家已是九点，客厅亮着灯，刚洗完澡的小鱼穿着睡衣从卫生间里走出来，看到池故渊抿嘴一笑："你回来了？"

"不好意思，我没能七点到家。"池故渊抱歉地说道。

"没事，就是饭菜有些凉了，我给你热热。"小鱼将餐桌上的防尘罩拿走。她做了两菜一汤，都是一些促进伤口愈合的食物，这些食材是她特意挑选的。

池故渊心里一酸，更加过意不去："对不起，我不知道你做了饭。"

小鱼没说话，将饭菜一一端到厨房的微波炉里加热。

池故渊想要帮忙端，小鱼却阻止了："你现在是病人，需要被照顾。"

"那我真希望自己永远生病。"池故渊喃喃说道。

"别说胡话。"小鱼似有些生气地瞪了他一眼。

饭菜加热后被重新端上来，池故渊已经饿一天了，他的手受伤了不好夹菜，在公司里只吃一些面包和牛奶。

池故渊左手拿着筷子，夹了半天也没能把胡萝卜夹起，他索性换了汤匙，去舀蛋羹，颤抖着送到嘴边要吃时，手突然一歪，蛋羹直接滑到了桌子上。

小鱼看着池故渊笨拙的模样，感到既好笑又心疼："我帮你吧。"

小鱼坐到池故渊的身边，帮他舀了蛋羹送到嘴里。

池故渊心里有些得意，刚刚他是故意表现得那么滑稽的，他得寸进尺："我要吃肉，还有喝汤，还有那个菜，也要吃……"

小鱼耐心地喂他。

"你自己也吃点吧。"池故渊说道。

"我已经吃过了，你这些是剩菜。"小鱼乖巧应答道。

"……"以前在远人岛，他每次跟小鱼闹矛盾，小鱼也总是留剩菜给他。

像在埋怨他的晚归，所以小鱼自己就先吃了。

小鱼虽然温柔，但并不软弱，她喜欢用她的处世之道表现自己的脾气。

吃完晚饭后，池故渊要去洗澡了，他倚在卫生间的门上朝小鱼撒娇："我手受伤了，没法搓背。"

"你不是有左手吗？"

"我左手没法使力。"

"那就去澡堂。"

"美国没有澡堂。"当然有，只是池故渊骗她。

"而且我背好痒啊，你能帮我挠挠吗？"池故渊转过身。

小鱼直接选择无视，回到自己的客房里。

策略失败，池故渊撇撇嘴，要不是还要工作，他真想给自己的左手也弄出点什么问题，这样，小鱼就没有理由不帮他搓澡和挠痒了。

洗完澡的池故渊在路过小鱼房间时停了一下，敲门问里面的人："我现在是个病人，能申请家属陪同过夜吗？"

　　等了很久都没有听见应答，池故渊叹了口气："行吧，病人孤单地去睡觉了。"

　　钻在被窝里的小鱼早已忍俊不禁，她打开摆在床头柜上的音响，听着海浪声，睁着眼，又是不眠的一夜。她无力地叹了口气，来到美国后，她才发现自己原来也是会睡不着的。

　　她只要一闭上眼睛，就会看见灯塔、小海和岛民们，思念的痛苦吞噬着她，钻心地难受。

第八章
她融不进他的圈子

　　池故渊给小鱼定做了一条项链，他打算给小鱼一个惊喜，午休时间回到家，他猜想小鱼应该正在吃午饭或者看电视。

　　但是他从客厅找到厨房再找到卫生间，公寓里四处不见小鱼的身影。池故渊慌张起来，好像又回到了那天剧院门口，她被混混劫持走，消失在他的视线里。

　　无力感和焦躁感涌上心头，池故渊撑着沙发靠背站稳，冷静了很久才想起给倪姨打电话，询问她小鱼在哪里。

　　倪姨正在超市里采购日用品，她回道："应该是去游泳了吧，我出门的时候提了一嘴公寓三楼有室内游泳池。"自从那天小鱼在超市里撞落货架后，就没再跟她一起出门了，现在买菜和采购又变成了倪姨一个人。

　　池故渊挂断电话，迅速来到公寓的三楼。室内游泳池里有不少人，他路过一个坐在躺椅上的男人时，听见那个男人惊呼了一声。

　　池故渊顺着男人的目光看去，找到了小鱼。

　　她没有穿泳衣，而是像在远人岛那样，穿着一件蓝色的连衣阔腿裤，虽然是长袖长裤，但水湿了衣衫，将她身材的轮廓完美地显现出来，这样藏而不露，恰恰是最性感的，远比另外几个比基尼美女要吸睛多了。

　　池故渊看到小鱼舒了口气的同时醋意上来了，小鱼是只属于他的珍宝，他不允许她被其他男人直勾勾地盯着看。

　　池故渊走到游泳池门口，低声跟保安说了几句，保安立马过来清场。

　　小鱼没注意到池故渊，她游着游着，后知后觉发现整个游泳池里只剩下她一个人了，她朝岸上望去，看到了池故渊。

　　他穿着笔挺的黑色西装，五官硬朗，面部轮廓犹如刀削斧凿一般，一米八几的身高，站姿犹如挺拔的山峰。

　　小鱼游到他跟前，趴在岸边看他。

男人慢慢蹲下身子，将手伸到她面前，从手心垂落下一条项链。海豚形状的蓝宝石，映照着流动的水波光影，熠熠生辉。

"送给你的礼物。"池故渊抿嘴一笑。他的手伤已经好了许多，可以自由活动了，他双手绕到她的脖子后面，给她戴上项链。

以前女人们向他讨要礼物时，他总是嫌麻烦直接打钱或者给信用卡，不曾像现在这般用心地精挑细选，好生定做。

"为什么送我？"小鱼摸了摸项链。

"今天是你来美国的第一百天。"这是他们在一起的一百天纪念日，池故渊是这么算的。

小鱼微微一怔，原来她已经离开远人岛这么久了吗？她原以为她永远都不会离开那里，可命运总是让人意想不到。

"我们以后还会有很多个很多个纪念日，一千天一万天……"如果有下辈子，他还要再遇见她。

但那时候，他希望他们是同一个世界的人，至少不会像现在这样爱得这般艰辛。

池故渊只待了一会儿就要回公司了，今天是周五，他会稍微轻松些，忙完下午的会议就能回家陪小鱼。想到这里，他内心欢喜了许多。

他收到万子霄发来的短信，问他晚上要不要一起吃个饭。池故渊直接推掉了，忘了今天是他自己的生日。

小鱼自顾自地在游泳池里游了很久，像是要把这三个月以来的泳全部游完，游个尽兴才行。只是她很奇怪，为什么游泳池里自池故渊来后就只剩下她一个人了？

亲爱的
岛屿

小鱼去更衣室换了干衣服，出来后特意问了下门口的保安："大家是突然去上班了吗？怎么一个人也没了？"

保安笑着应答道："您难道不知道吗？池先生给您包场了，您想在这里游多久都可以。"

"为什么要包场？"小鱼不解。

"您一定是池先生的爱人吧？他当然是不希望其他男人看到您游泳呗。"毕竟池故渊还特意嘱咐他，不要老是盯着小鱼看。

保安当时还回他道："可万一人出事了怎么办？"

池故渊笑了笑："她是大海来的美人鱼，游泳池这点水对她来说不算什么。"

真是个醋坛子，小鱼无奈地笑了笑，坐电梯回到公寓。

公寓密码是他们认识那一天的日期，小鱼刚推开门进去，就听见里面吵吵闹闹的，有男人的声音，也有女人的声音。

"啊呀，你不是说他回公司了吗？怎么那么快回来了？"说话的是个女人，她从客厅走过来，看到玄关处的小鱼时直接愣住，"你是？"

眼前的女人穿着一条香奈儿软呢连衣裙，腰间系着银色的腰带，长了一张高级脸，气质很独特。紧接着，从女人的身后走过来两个男人，一个穿着花色衬衫面如冠玉，另一个戴着金丝框眼镜。

"难道是故渊刚交的女朋友？这小子，有女朋友怎么不告诉我们！"穿着花色衬衫的男人正是万子霄，他嘻嘻哈哈地笑着，走上前来向小鱼一一介绍，"我叫万子霄，这位是老瞿。"他指向戴金丝框眼镜的男人，然后又指了指那个女人，"她是莫妮卡，我们仨

· 183 ·

和故渊都是从小一块儿长大的。"

"我叫小鱼。"小鱼来美国三个月，池故渊从未带她见过朋友和家人，她像是独立于他圈子之外的存在。

"小鱼？"万子霄打量着小鱼，"你的眼睛是戴了不一样颜色的美瞳吗？"

小鱼摇头："天生的，我是异瞳。"

"天哪，这也太少见了！故渊真有福气，能发现你这么个大美人儿。"万子霄对小鱼很感兴趣，"你跟故渊怎么认识的？你俩交往多久了啊？"难怪池故渊突然间不近女色了，原来是金屋藏娇啊。

交往？她跟池故渊是在交往吗？小鱼自己也不确定，池故渊从未说过喜欢她，也没有带她真正走进他的生活，她只是他困在笼中的一只金丝雀而已，开心了逗一下，忙碌的时候摆在一边，永远不会为她停下脚步。

"哇，原来这枚宝石在你这里？"万子霄像个话痨般，注意力又放到了小鱼脖子上的那条项链。

莫妮卡微微皱眉，她跟珠宝供应商有往来，听说池故渊将这颗蓝宝石买走时，她就感到很诧异，心想是什么样的大客户才值得他花这笔大价钱，却没想到是给了一个如此漂亮的女人，而且对方跟池故渊的关系还很亲密，竟然能随意进入他的公寓。

"我有些累了，可以休息一下吗？"游了那么久的泳，小鱼已经有些精疲力竭了，而这些池故渊的朋友，她疲于认识，也不知道该如何相处，生怕自己不懂得分寸让池故渊感到难堪。

"当然可以。"万子霄以为小鱼要回去，没想到她径直往客房走去，他十分诧异，"你住在这里？"

"嗯。"小鱼点头，然后关上了门。

万子霄、老瞿和莫妮卡三人互相看了看，脸上不约而同地写满了惊讶，要知道池故渊再对一个女人好，也不会让女人来他的公寓里，更别说住在这里了。

"看来故渊这回是找到真爱了。"老瞿扶了下金丝框眼镜，笑笑。

莫妮卡将一个打气筒扔给他："快点布置好啦，不然故渊该回来了。"

三人在客厅里布置着，嬉笑声时不时传进小鱼的耳朵里，小鱼躺在客房的床上，盯着天花板，内心感到一片迷茫。

大约过了两个小时后，池故渊回来了，他推开门，五颜六色的彩带在他的头顶飘落下来，万子霄和老瞿同时探出头来，大喊了声："Surprise！"

莫妮卡端着蛋糕走上前，嘴里哼着生日歌："Happy birthday to you……"

池故渊直接越过三人往客厅看了看，没看到小鱼，他大步绕过他们，来到客房，敲了敲门。

"你女人在里面呢，一直不出来。"万子霄说道。

听闻小鱼在里面，池故渊才安心下来，看向三人："你们怎么进来的？"

"我们来的时候刚好倪姨在，她给我们开的门。"万子霄一脸坏笑，走过去一手搂着池故渊的肩膀，"这么害怕我们来你公寓，是不是担心被发现金屋藏娇？"

池故渊沉着脸，没有回答他的话。

"快叫小鱼出来吧，一起给你过生日。"老瞿说道。

池故渊看了一眼精心布置过的客厅，自然是不好赶他们走，只能继续去敲客房的门。过了一会儿，小鱼来开门了。

她并不知道今天是池故渊的生日，在客房里听到时有些讶异。

"一块儿玩吧。"池故渊淡淡说道。

小鱼点点头。

五人围在客厅的桌子前，池故渊和小鱼坐在沙发上，莫妮卡坐在一旁的单人沙发上，万子霄和老瞿则盘腿坐在地毯上。

"故渊，你可得跟我们老实交代，你藏这个大美人多久了？"万子霄八卦道。

"三个多月。"池故渊感到烦闷，从烟盒里抽了根烟正要抽，但想到身边还有小鱼，忍住了，放下烟。另一边的老瞿掏出电子烟正要抽，池故渊看了他一眼，"在我公寓不许抽烟。"

"以前可没这规定啊。"老瞿哭丧着一张脸。

"现在有了。"池故渊应道。

一旁的万子霄继续拷问："都在一起三个多月了！要不是我们突袭，是不是不打算告诉我们？"

"能聊别的话题吗？"池故渊不想让他们再继续深挖他和小鱼的关系，岔开话题，看向莫妮卡，"你毕业了？"

"对啊，我不是让你来参加我的毕业典礼吗？你都没来。"莫妮卡埋怨道。

毕业典礼那段时间池故渊正在帮小鱼找小海，没顾得上回来参加。

"本科不是参加过吗？"池故渊问。

"这回是研究生，也很重要。"莫妮卡强调，毕业典礼那天她等池故渊等了很久，直到天黑也没等到，电话也联系不上。

"都一样。"池故渊说道。

算下来，如果池故渊跟小鱼在一起三个多月的话，那么她毕业典礼那段时间有可能就是跟小鱼在一起。莫妮卡撇撇嘴："你那时候在泡妞吧？"

"那时候比较忙。"池故渊没有正面回答她的问题。

见气氛有些凝重，万子霄拍了拍手，大笑："要不我们来玩游戏吧，真心话大冒险如何？"

"我不玩。"他们铁定是奔着他和小鱼来的，玩这个游戏等于给自己挖坑。

"我去趟卫生间。"莫妮卡站起身来，看向小鱼，"我裙子拉链卡住了，你能帮我一下吗？"

池故渊知道莫妮卡的意图，他皱了皱眉："别为难她。"

"我能把她怎么着，瞧你担心的。"莫妮卡有些生气地拍了拍池故渊的肩膀。

卫生间里，小鱼正要帮莫妮卡拉拉链，莫妮卡笑道："你怎么这么单纯，拉拉链自然是假的。"

"那……"小鱼不解。

"就是想跟你单独聊聊天，他们几个大男人在，有些女人之间的悄悄话不好开口。"莫妮卡眯眼一笑，伸手摸了摸小鱼的头发，看着她，"你确实很漂亮，算是他历任女友里最美的了，这点我承认。"

莫妮卡问："你是哪个大学毕业的？"

"我没上过大学。"小鱼如实回答。

莫妮卡诧异起来："那你家是干什么的？"难不成是她不知道的隐形富豪背景？

"我家吗？"小鱼想了想答道，"我父母在我很小的时候因为海难去世了，我爷爷是灯塔守护者。"

灯塔守护者？这是个什么职业？莫妮卡没有细问，只觉得眼前的女人不过是花瓶罢了，她暗自感慨池故渊怎么品位下降了这么多，竟然选了个没学历没家世的女人，看来不过是玩玩而已，池故渊怎么可能跟只有一张好看皮囊的女人走到最后。

想到这里，莫妮卡放下心来。她微微一笑："走吧，我们回去，他们该等久了。"

回到客厅里，莫妮卡开始跟池故渊聊他们以前的那些事情，聊他们小时候一起学骑马，池故渊的那匹黑马看上了莫妮卡的白马，总是追在她后面跑；聊他们上学的时候比谁更快赚到第一桶金，最后是池故渊胜出了，当莫妮卡他们还在路边摆摊卖艺时，池故渊靠着一个项目方案拿到了一万美元的融资……

小鱼在一旁安静地听着，完全插不进话，只觉得他们聊的东西离她的生活太遥远了，什么炒股理财和证券，她更是听不懂。

终于送走了莫妮卡他们，小鱼收拾着屋子，池故渊阻止她："摆着吧，倪姨明天会来收拾。"

小鱼点头。

"今天莫妮卡把你叫到卫生间跟你说了什么？"池故渊问。

"没说什么。"

"无论她说什么，你都不要在意。"

小鱼又点点头，沉默了会儿她问："你为什么之前一直不愿让你的朋友知道我？"他从不主动带她融入他的圈子。

"我怕你不适应跟他们相处。"毕竟成长背景不同，共同语言应该很少。

"我知道了。"

池故渊见小鱼有些失落，忙改口："当然你要是愿意……"

"不用。"小鱼打断他，"现在这样挺好。"

就算池故渊真的带她去见他的朋友又如何？她和那些人玩不到一块儿，只会显得很尴尬。小鱼越发觉得自己和池故渊不是一个世界的人，他们中间始终有堵天然的屏障，无法逾越和打破。

"我先睡觉了，晚安。"小鱼朝客房走去。

池故渊叹了口气，感到自责。他与远人岛一开始也格格不入，但岛民们始终很包容他，热心肠地接纳他；而他将小鱼带到美国后，就将她困在公寓里，因为他不敢保证万子霄他们能跟小鱼好好相处，也更怕她受到伤害，所以他索性选择了最稳妥的办法。

客房里，小鱼拿起桌子上的贺卡发着呆，这是她听闻今天是池故渊生日后，自己手绘和剪的一张贺卡，一打开，就有一个蛋糕露了出来。她用心做了很久，可是到最后依然拿不出手，尤其是看到莫妮卡他们送的都是一些名表皮带时，她更觉得自己亲手做的这张贺卡简陋至极。

小鱼犹豫了一会儿，将贺卡扔进垃圾桶里，躺到床上。

第二天小鱼又去游泳了，她现在的娱乐生活，除了看电视之外，还多了游泳。

游泳的时候有个外国男人过来搭讪，但打听到小鱼住的房门号后迟疑了一下就走开了，心想原来这是池故渊的女人。小鱼却还以为是自己蹩脚的英文让对方望而却步，便没多在意。

倪姨收拾垃圾的时候，在小鱼房间的垃圾桶里看到那张贺卡，虽然是手工的，但是做得很精致。倪姨以为是小鱼不小心扔掉的，留了下来，摆到客厅的电视机旁。

晚上池故渊回到家里，看到那张贺卡，以为是小鱼留给他的，心里一阵欢喜，将贺卡摆放到自己房间的床头柜。

他洗完澡出来时，小鱼正要去厨房接水喝。

"你要是喜欢游泳的话，以后下午的游泳池我给你包了。"池故渊说道。

"不用。"小鱼摇头，"你要是这样我就不去了。"她不想那么麻烦。

"可是我不希望别的男人看到你游泳的样子。"池故渊走过去。

小鱼穿着吊带睡裙，露出两条白皙的胳膊，她的锁骨很美，池故渊顺着她的锁骨往下看，刚刚洗过澡的他隐隐涌起一股冲动。

小鱼似乎察觉出他眼底的躁动，她后退了一步，抱着水杯轻巧地躲开他："我要去睡觉了。"

亲爱的
岛屿

池故渊想要拉小鱼的手停在半空中，他叹了口气，看着小鱼回到房间里。

一个星期后。

"晚上我和莫总约好了，一起吃个饭。"池鑫说。莫总正是莫妮卡的父亲莫文俊。

莫家也是做金融的，当初池鑫初到纽约时，正是靠莫文俊的慧眼提携，才拥有今天的成就，莫家对于池鑫来说意义重大。

往常两家也经常一起吃饭，交流商业合作和联络感情，池故渊没多想，点头答应了。

莫文俊喜欢喝酒，在去莫家前，池鑫联系了酒庄的朋友，从对方那里拿来上好的红酒，驱车前往莫家别墅时，路过一个商场。

池鑫让司机将车停下，对池故渊说道："你去给莫妮卡挑个包包，越贵越好。听说她的毕业典礼你都没参加，礼物得补上。"

池故渊下车，挑了一个最搭莫妮卡风格的包。

池故渊和池鑫到达莫家别墅，莫妮卡出来迎接，她穿着一条水绿色丝绸吊带长裙，搭配红唇，既有小女人的妩媚，又平添了几分性感。

莫妮卡的美是高级的，她家境优渥，从小接受良好的教育，从学识谈吐到妆容礼仪一样不落，颇有端庄的大家闺秀之风。

"妮妮真是越长越漂亮了。"池鑫笑道。

"池叔叔每次见面都夸我，让人怪不好意思的。"莫妮卡莞尔一笑。

"这是给你的。"池故渊递给莫妮卡一个品牌的纸袋子。

莫妮卡惊喜地接过,她打开一看,是最新款的包包:"哇,这个包包我中意好久了。"其实在上新的时候她第一时间就预订了,房间里已经摆了一个。

"你的品位可一向都很高啊。"莫妮卡笑道。

莫妮卡是独生女,和父母住在一起,池故渊与池鑫在莫家三口人面前坐下。

前菜是一份鹅肝,藏在樱桃里。

莫妮卡夹了一个放到池故渊的盘子里:"这是我们家厨子最新研究的一道菜,我可喜欢吃了,你尝尝看。"

池故渊夹起一个樱桃鹅肝,樱桃让鹅肝的腻味冲淡了些,增添了清爽的口感,很美味。他点点头:"好吃。"

"妮妮都已经毕业了,该找男朋友了吧?"池鑫笑道。

"还早呢。"莫妮卡脸一红。

"我们一直催促她找,但这丫头始终不开窍。"莫母说道。

"妮妮长得这么漂亮,追她的人应该不少吧?"池鑫又问。

"还好啦,是有那么几个。"莫妮卡说这话时特意扫了池故渊一眼,她一直以来不谈恋爱,无非是心有所属。

"我记得你小时候可是说要嫁给故渊的?"池鑫笑得眼睛眯成了一条线,终于点到正题上,"你现在觉得我们家故渊怎么样?"

池故渊这才明白父亲今晚的用意,他心里一紧,转头看向父亲。

"他不是有女朋友吗?"莫妮卡有些娇嗔。她在上学的时候听闻池故渊交了第一个女朋友时,直接找到对方,给对方一个下马威,后来池故渊女朋友一直不断，她就想着男人花心很正常，这恰恰证明他的魅力大，她没有告白是因为她知道池故渊的性格，他是个有征服欲的男人，不喜欢过于主动的女人。

她一直在等，等他玩够了玩腻了，终有一天会回头发现她。

但是现在她等不了了，即便觉得小鱼不是她的竞争对手，她也不想再独自忍受这份单相思的苦楚了。

莫家夫妇对池故渊的人品和工作能力各方面都很满意，只是池故渊情史丰富这一点让他们很犹豫。

池鑫看出夫妇俩的犹豫，忙说："女朋友和妻子怎么能一样？结婚了自然就收心了，而且他的女朋友，我都是听你们说，还一个都没见过。"言下之意是说池故渊只是玩玩而已，并没有认真。

这么说池鑫也不知道小鱼的存在，莫妮卡心里一阵欢喜。

"你们放心，我会让他处理好自己的私人感情，给妮妮一个交代的。"池鑫端起桌子上的红酒。

池故渊想要辩驳，但又不好打破这其乐融融的气氛，只好硬着头皮端起高脚杯，跟莫文俊夫妇和莫妮卡碰了一个。

"以后要常聚。"晚饭结束后，莫文俊送池鑫和池故渊到门口。

"说不定以后就是亲家了，当然会经常见面。"池鑫笑道。

莫妮卡特意背上了池故渊送她的包包，挽着莫母的手，朝池故渊盈盈笑着。

池故渊弄不明白莫妮卡的意图，他记得她的择偶标准很高，就甘心这样嫁给他？

池鑫和池故渊回到车上，等车子开出莫家别墅一段距离后，池鑫板着脸说："你现在那个女朋友，给我分了。"

池故渊皱眉："爸，这次我是认真的。"

"你应该一直都知道你的婚姻不能自主选择。再说妮妮这么好的女孩子，长得漂亮，性格好，学历也高，还是莫文俊的女儿，你为什么不喜欢？"

"爱情并不是靠合适就能撮合的。"

"合适比爱情更重要。"池鑫瞥了池故渊一眼，"难道你现在交往的女朋友，家庭条件能比莫家还好？"如果是的话，他倒是能考虑一下。

池故渊不愿让池鑫知道小鱼的来历，他沉默了一会儿，开口道："请给我一段时间。"看来想要阻止这场联姻，只能从莫妮卡那里入手了。池故渊给莫妮卡发短信，询问她什么时候有空出来吃个饭。

池故渊回到公寓已经很晚了，他以为小鱼应该睡下了，但客房的门没关，他往里看了一眼，小鱼不在。

路过家庭影院的房间时，他隐隐听到里面的声响，推开门走进去，铺满一面墙的屏幕上正放着《蓝色星球》这部纪录片，太平洋中有超过两万三千个岛，远人岛不过是庞大数量中的一个。

池故渊走到沙发边，才发现小鱼睡着了。她蜷着身子，脸对着屏幕，蓝色的光影流动在她的身上，她像是枕在海水之上。

在这里睡第二天醒来肯定会难受，池故渊关了影院设备，半蹲着身子，将小鱼横抱起来。她很轻，池故渊没有费很大力气。

池故渊将小鱼抱到客房里，给她盖上被子。他坐在床边静静地看了她许久，终于忍不住低头亲了亲她白里透红的脸颊，然后落到她柔软的唇上，她的唇很香甜，让他十分贪恋。

周五，倪姨出去买菜，小鱼一个人在家，门铃声突然响起，她按下接听键，电子屏幕上出现莫妮卡的脸，莫妮卡叫了几声"池故渊"的名字。

小鱼回答："故渊哥哥不在家。"

"你是小鱼吗？"

"嗯。"

"我跟故渊约了一起吃饭，但一直没等到他来，以为他应该还没出门。"莫妮卡说着低头去翻手机，突然懊恼地拍了下头，"瞧我这记性，我把时间给记错了，原来是明天，不好意思啊，打扰你了。"

说完，莫妮卡就离开了公寓大厅。

约了一起吃饭吗？小鱼愣愣地发了一阵呆。

过了一会儿，倪姨回来了，她笑道："我刚在楼下碰见莫小姐了，她人真好啊，我上次就随口说了一句她身上的香水味道很好闻，她就买了这款香水送给我。"她问小鱼，"你应该见过莫妮卡吧？"

"见过。"小鱼点头，"她很漂亮。"

"是啊，她跟池先生是青梅竹马，两人关系一直很好。"倪姨突然意识到自己不该在小鱼面前提这些，"不好意思啊，池先生应该是只拿她当朋友看，我看得出，池先生对你才是真心喜欢的。"

小鱼没说话，默默地拿过倪姨手中的菜，去厨房做饭。

池故渊回来后，小鱼没告诉他莫妮卡来找他的事情。隔天小鱼睡到很晚，她醒来的时候池故渊正要往外走。

"你要出门吗？"小鱼问。

周末是池故渊和小鱼有比较多相处时间的日子，池故渊走过去摸摸小鱼的头，温柔一笑："我很快就回来，乖乖在家等我。"

"嗯。"小鱼看他，一双眼睛明亮清澈。

池故渊看了眼时间，再不出发的话就要迟到了，他转身朝门外走去。

门被轻轻地合上，公寓里只剩下小鱼一人，她自言自语道："故渊哥哥跟其他女人去约会了吗？"

她努力让自己不去想这件事情，但心情还是很低落。小鱼开心与不开心的时候都喜欢去游泳，她收拾了一番，来到三楼的游泳池。

莫妮卡很早就到了，她将车停在餐厅对面的街道，坐在车里发呆。昨天她去池故渊的公寓，其实是想看看池故渊有没有清理那个女人，结果没有，小鱼还住在那里，她便谎称自己记错了吃饭的时间，暗示她跟池故渊第二天有约会。

莫妮卡故意迟到了十分钟，池故渊已经在餐厅等着了。这家餐厅他们经常来，池故渊问："还是点你最爱吃的那些，可以吧？"

"听说这家推出了些新菜。"莫妮卡又点了几道菜。

两人点完餐后，池故渊收起菜单摆到一边，看莫妮卡："关于结婚的事情，你怎么想？"

"什么怎么想？反正我最后都是要嫁人的，不如嫁给你，咱俩还比较熟悉。"莫妮卡故作云淡风轻地说道。

"但我不愿意。"池故渊语气认真，"我对小鱼是真心的。"

"你要娶她吗？"莫妮卡的心脏骤然缩紧。

"我想跟她过一辈子。"

莫妮卡放在桌子下方的手紧紧地攥着裙子，裙子被她捏出褶皱来，她强忍着激动，低声说道："池故渊，你不是这么不理智的人，她一没学历，二没家世，什么都帮不到你，你就这么被她的美貌所迷惑？"

"小鱼不是个花瓶，她有很多你们看不到的好。"

菜端上来，莫妮卡尝了一口新菜，皱眉："看来新的再好，也比不上旧的合胃口。"

池故渊听得出她话中有话："妮妮，你是个好女人，我不想伤害你，跟我结婚你不会幸福的，别让你的婚姻只成为商业利益的工具。"

"如果我说，我是心甘情愿的呢？"莫妮卡再也忍不住，表明自己的心意。

池故渊微微一愣："怎么可能，我们都认识这么多年了。"

"子霄和老瞿都知道我对你的心，只有你不知道。"莫妮卡放下筷子，拿起包头也不回地走出餐厅。

池故渊只觉得太阳穴一跳一跳作痛，他确实从来没有想过莫妮卡对他用情至深，他们四人从小玩到大，他只把莫妮卡当作"兄弟"一样看待，和万子霄、老瞿没什么区别，因此从未想过他们之间会有什么。

池故渊缓过神来，他叫来服务员买单，开车回到公寓楼下。他在车里抽了很久的烟，直到把半包烟都抽完了，这才关了车窗下车。

池故渊从电梯里走出来，看到公寓门口小鱼和一个看上去是华人的男人正纠缠不休。

"怎么回事？"池故渊大步走过去。

男人看看池故渊，问小鱼："你男朋友？"

"没错，你有事吗？"池故渊伸手将小鱼搂进自己的怀里。

男人讪笑一声，灰溜溜地走开了。

"那个男人干吗的？"池故渊问小鱼。

小鱼按下开门密码："来搭讪的，我不理他，他就一直跟着我。"

池故渊摸到小鱼湿漉漉的头发："在游泳池遇见的？"

"嗯。"小鱼推开门，走进去。

"我给你找了新的住处。"池故渊这几天在看一幢别墅，自带私人游泳池。他不想让小鱼住在这里了，一是怕万子霄和老瞿他们来打扰，二是讨厌小鱼被其他男人窥伺。跟小鱼在一起之后，他才发现自己是个占有欲和控制欲都很强的人，只要其他男人多看小鱼一眼，他就会醋意大发。

"不用，这里我住得惯。"小鱼摇头拒绝。

"公寓是租的，马上就要到期了，房东不给续租，打算卖了。"池故渊又骗她。

"哦。"小鱼点头。

"而且那边也会安全些。"池故渊知道小鱼还对上次的枪击案心有余悸，他拉起小鱼的手，眼神无比宠溺，带着热烈的爱意，"小鱼，永远也不要离开我，好吗？"

曾经在远人岛，小鱼曾抱着他哀求他不要离开，如今在美国，他对她说了同样的话。小鱼只觉得命运弄人，可是永远也不离开，是代表她要永远地离开远人岛，在美国生活吗？

小鱼犹豫了，即便她一直在努力学英文，但她没有语言天赋，学起来很艰难，连跟外国人简单交流都做不到，在日常生活中，能说话的除了池故渊，就只有倪姨了。

她在这里交不到任何朋友。

池故渊迟迟得不到小鱼的回答，变得有些焦躁。他看着小鱼雪白的脸和粉嫩的唇，一只手托住她的后脑勺，低头吻了下去，他脸上有今早还没来得及清理干净的胡楂，摩擦着她的脸，如一道道细小的电流，扎得她有些刺疼。

他用力吻着，缠住她的唇齿，然后紧紧地抱住她，将她揽在怀中。

小鱼像一只动弹不得的玩偶，柔软却麻木，她被池故渊吻得快要喘不过气来，只能任由他摆布。

"小鱼，跟我在一起，永远在一起。"池故渊的手探到她后背的吊带裙拉链，轻轻地拉了下来，露出一片雪白。池故渊的吻落到她的颈上、肩上、后背，火热又令人窒息。

"你别这样。"小鱼急忙推开他。

但池故渊不理会她的挣扎，放在她腰间的手紧紧地钳住她，不让她离开半步。

突然，他弯下腰，猛地将小鱼横抱起，朝他的房间走去。

"故渊哥哥，你别这样。"小鱼大叫。

池故渊将她放到床上，继续疯狂地吻她，直至吻到她的脸颊，发现有些湿润后抬头看她。

　　小鱼的眼角挂着泪水，一双异瞳美丽而悲伤，池故渊一怔，停了下来："你不愿意？"

　　"放过我吧。"小鱼声音哽咽，她没有做好永远留在这里的准备，陌生的环境让她的神经越来越脆弱，她像是一只被抓到鱼缸里的海鱼，每一分每一秒都想挣脱。

　　"我真的好想念远人岛。"小鱼哭了起来，虽然池故渊给过她手机，但是她从未与岛民们联系，她害怕一旦联络，想念会如野草般疯狂生长。

　　"跟我在一起就那么痛苦吗？"池故渊的心绞痛起来。

　　"当初你说得对，我们不是一个世界的人，你早就明白这个道理的。"她好不容易花了三年终于认清这个事实，他却执迷不悟了。

　　"但是我喜欢你！我爱你爱到要发疯！我没有办法失去你！"池故渊吼了出来。

　　三年已经让他无法忍受了，更不要说往后的余生。

　　"可是你这样对我太残忍了。"小鱼泪流不止，"你有想过我整日被囚在这个公寓里有多难受吗？我每天唯一的希冀就是盼你回家，我活得太压抑了，我不是宠物，我也有自己想过的生活。"

　　池故渊一怔："在这里衣食无忧不好吗？我可以把纽约所有最好的东西都给你。"

　　"对于我来说，远人岛的所有一切才是最宝贵的，你能把远人岛给搬来吗？"小鱼吸了吸鼻子，"我想念远人岛，想念岛民们，

大鱼正版

想念大海，想念灯塔和小海。"

　　"对不起小鱼，可是我别无他法，原谅我的自私吧。"池故渊
抱着她，泪水也跟着落了下来。

第九章

来我的怀里，我哄你入睡

　　小鱼一直待在公寓楼里，都不知道原来纽约已经冬天了，这里不比四季如春的远人岛，冬天气候很干冷，街上来来往往的人已经穿起了羽绒服。

　　池故渊在纽约长岛买了幢海景别墅，别墅面朝大海，拥有宽阔的庭院，春天的时候花香四溢，室内设有游泳池和私人影院，美中不足的是距离曼哈顿有些远，五十多公里，开车需要一个小时以上。

小鱼和池故渊搬到别墅的那天，正好下起了初雪，白雪覆盖了别墅和庭院，美得恍若冰雪王国里的城堡。

这是小鱼第一次看见雪，她整个人很激动，捧起地上的雪来回搓揉着。

池故渊心疼小鱼被冻得发红的小手，摘下自己的手套给她套上。她的手很小，手套长出了一大截，甩来甩去的，看上去可爱又滑稽。

玩了一会儿，小鱼就已经冷得直打喷嚏了，池故渊连忙把她拥进屋里。别墅装了地暖，客厅还摆了个暖炉，小鱼坐在暖炉前搓着手。

池故渊让倪姨给小鱼煮碗暖胃的热汤。

"喜欢这里吗？"池故渊问。

"这里太大了，让人觉得很孤独。"在公寓的时候小鱼便觉得屋子空荡荡的，这个别墅更是让她很没有安全感。

"你会喜欢上这里的。"池故渊摸了摸她的头，"游泳池、影院、健身房、温泉池……这里应有尽有。"

小鱼却觉得池故渊只是换了个更大更豪华的笼子来囚住她。

"你要是觉得人手不够的话，我可以再给你请几个保姆。"池故渊说道。

小鱼摇摇头："有倪姨一个人就够了。"她不喜欢被太多人伺候的感觉。

吃完晚饭后，小鱼跑到阳台上去看雪景。周围的别墅银装素裹，放眼望去，海边的沙滩覆上了一层薄薄的雪，好像一片白色的沙漠，日落时分，余晖照在雪地上闪烁着粉红色的阳光，美得让人心醉。

　　池故渊来找小鱼时，她正待在阳台上堆着雪人，雪人只到她的腰间，她没什么经验，加上没有足够的道具，堆出来的雪人有些四不像。

　　"我想去海边走走，可以吗？"小鱼问。

　　"我陪你去。"出门前，池故渊给小鱼裹了条男士围巾。

　　小鱼挽着池故渊，两人步行到海边，雪地上落下他们深深浅浅的脚印。

　　沙滩上只有寥寥的几个人，这种天气，大家基本都待在别墅里娱乐休息，没有人愿意出来走动。

　　池故渊没想到会在这里碰见费少，他身边跟着个女人，戴着顶白色的针织帽。池故渊只觉得有些眼熟，想了半天才记起她叫祁朵朵，正是之前在酒局上想搭讪自己没能成功的那个女生。

　　祁朵朵见到池故渊，脸上闪过一丝尴尬，拉紧了费少的手。

　　"你也在这里购置了房产？"费少问池故渊。

　　"嗯。"池故渊漫不经心地应答。

　　"不介绍下你的女朋友？"费少转而看向小鱼，第一眼就被她惊艳到了。

　　池故渊最讨厌有男人这样看小鱼，他往前一步，挡住费少的视线，淡淡说道："没必要，因为我也不想认识你的女朋友。"

　　"既然都住在这里，那以后可以多串门，一起玩呀。"祁朵朵凑到小鱼身边。

　　"我们喜欢安静。"池故渊丝毫不给这两人面子，拉着小鱼走开了。

费少看着池故渊的背影，冷哼一声，牵起祁朵朵的手："走吧。"

"你好像不太喜欢刚刚那两个人？"走出很远后，小鱼好奇地问。

"他们城府很深，最好少来往。"池故渊说道。

"可是那个女生好像蛮好的。"

"越是这样看上去人畜无害的女生越危险，你还是太单纯了。"祁朵朵想要攀附池故渊不成，便找了费少，可她终究不明白，所有命运馈赠的礼物，早已在暗中标好了价格。

小鱼再次见到大海很兴奋，想要直接脱掉羽绒服一头钻进水里。池故渊连忙拉住她："现在海水太冷了，等天气暖和些再游吧。"

小鱼只好乖乖听话，回别墅的游泳池游泳。

池故渊坐在岸边看她。

小鱼游了会儿，问池故渊："你要不要一起游？"

"我已经很久没有游泳了。"自三年前他与小鱼分别后，他好像忘了如何游泳，没有小鱼在身边，对水的恐惧感又回来了。

"那我重新教你吧。"小鱼甜甜一笑，她用水扑腾着水花，像一条顽皮的鱼儿。

池故渊犹豫了会儿，回房间换了条大裤衩过来。

小鱼游到岸边，朝他伸出手。

池故渊在碰到小鱼时，身体放松了许多，他慢慢地走入水中，从闭气开始学，仿佛又回到了远人岛，他试着相信小鱼，放心将水里的自己交给她。

别墅的房间是公寓房间的两倍大，虽然还是布置成了海洋主题，也增添了不少饰品，但小鱼觉得很空旷，她躺在床上怎么也睡不着，只好爬起来，披了件外套，到房间的露台上看海。

　　海浪声忽远忽近，干冷的风吹过她的脸颊，这里的大海也很美，可是少了带人回家的灯塔，海大到让人迷失。

　　池故渊就住在小鱼的隔壁房间，他睡前去关自己房间露台的落地窗时，看到小鱼的身影。

　　"睡不着吗？"池故渊站在自己房间的露台问她，不等小鱼回答，他又说道，"你开门，我过去。"

　　池故渊的身影消失在露台上，很快，小鱼听到他敲门的声音。

　　小鱼去开门，池故渊走了进来，自觉地躺到小鱼的床上，伸出一只胳膊："来我的怀里，我哄你入睡。"

　　小鱼的脸倏地一红，还好是在黑暗中，看不大清。

　　她慢慢地走过去，躺在池故渊的臂弯里。

　　"让我想想怎么哄人睡觉。"池故渊想了会儿，开始编起故事来，"这里有很多幢别墅出售，你知道我为什么偏偏选了这幢吗？"

　　"因为风景比较好？"从这里可以直接眺望到大海。

　　"不对，因为便宜。"池故渊又问，"知道为什么便宜吗？"

　　小鱼摇头。

　　池故渊煞有介事地说道："因为这是幢凶宅，以前闹过鬼。"

　　"啊！"小鱼顿时后背一阵脊柱发凉，尖叫了一声。

　　池故渊笑了起来："我逗你呢，这幢别墅可是这里售价最高的。"

哪有哄人入睡讲鬼故事的？小鱼气得用拳头去捶池故渊。

池故渊抓住小鱼的手，上一秒还在跟她嘻嘻哈哈，下一秒突然严肃警觉起来，目光望向卫生间的方向："别动，你看那里，有什么？"

小鱼被池故渊吓到，缩在他的怀里，瑟瑟发抖，不敢抬眼去看。

池故渊再次大笑起来，小鱼才意识到自己又被耍了，她生气地哼了声，钻进被子里，背对着池故渊，不理会他了。

"生气了？"池故渊捏了捏小鱼虽然很细但是很柔软的胳膊。

小鱼不说话。

池故渊半坐起身子，探头看她。

小鱼把脸埋进枕头里，不让池故渊看到自己的脸。

池故渊抬起手，幼稚地在空中做出敲门的手势："咚咚咚，请问我的心上人在吗？"

小鱼终于被他逗笑，忍俊不禁："你好讨厌。"她的脸慢慢转了过来。

池故渊捧着她的脸，吻了吻她的嘴角，他贴上她的身子，带着火热的气息亲吻着她的双唇，直到将她的嘴巴亲得有些红肿了才肯放开。他凑在她的耳边低语："小鱼，给我好吗？"

小鱼死守的防线被击溃了，她曾经觉得如果跟池故渊最终不能在一起，他们就不应该发生什么。可是她也喜欢他，她爱他爱得炽烈，爱一个人的时候就是愿意把自己的一切都交给他。

想要与他融为一体，想要留下更多更美好的回忆，她学不会克制。

小鱼看着池故渊的脸，这个她最爱的男人，哪怕最后让她飞蛾扑火，她也无怨无悔吧？不曾拥有也许比拥有了又失去更为可怕，她也想要像那些热恋中的情侣，与他做肌肤贴合的事情。

　　即便会受伤，她也认了。

　　空气很安静，小鱼和池故渊对视着，他们离得很近，火热的气息喷在对方脸上，仿佛要将彼此都燃烧起来。

　　犹如火星撞向地球前的宁静，池故渊静静地等着，终于等到小鱼的一个"好"字。

　　池故渊再也克制不住内心的冲动，他握着她纤细而柔软的腰，炽热的吻在她的身上四处游走，露台的窗没关紧，有风从外面灌了进来，吹起阳台的窗帘轻轻飘动着……

　　小鱼第二天醒来时只觉得整个身子酸痛不已，池故渊已经去上班了，偌大的床只剩下她一个人，被子里似乎还留有昨晚温存的气息。

　　倪姨推开门走进来，递给小鱼药和一杯水："池先生让你自己选择，不管你吃不吃，他都会照顾你的，不过是多照顾一个人罢了。"

　　小鱼毫不犹豫地把药吃下了，她现在连自己的人生都没过清楚，怎么去承担另一个小生命的人生。

　　"这个药吃了可能有副作用，你要是感到不适就及时告诉我，我也是过来人，你不必害羞。"倪姨退了出去。

　　小鱼在房间里茫然的待了会儿，才扶着墙缓缓来到卫生间洗漱，然后下楼去吃早餐。

搬进别墅后，小鱼见到池故渊的次数越来越少了，他有时候工作到很晚，就索性在办公室睡下了。

不知道是不是那夜的缘故，小鱼觉得自己好像越来越依赖池故渊了，她每天眼巴巴地趴在露台上等他回来，看到他的车子开进院子时，她会露出孩子般的笑容，跑下楼去迎接他。

池故渊即便再累，都会陪小鱼说说话，有时候说着说着直接睡着了。

从曼哈顿到纽约长岛五十多公里的距离，小鱼知道他很累，她不太喜欢他睡着的样子，他好像在梦里也没法放松，紧紧地皱着眉头，她每次都会伸手将他的眉毛抚平。每当这个时候，他都会无意识地翻个身，抱着她，在她的怀里继续熟睡。

虽然住在别墅变得更安全了，可是烟火味却更少了，之前她在公寓里还能透过落地窗看街道上来来往往的行人，或者去游泳时碰到形形色色的人，但现在，她的生活里真真正正只剩下了池故渊和倪姨两个人。

池故渊要去芝加哥出差，临走前，他亲了亲小鱼的额头："乖，我跨年夜一定回来陪你过。"

跨年在后天，池故渊想跟小鱼一起倒数，迎接新的一年。

小鱼点点头，恋恋不舍地送走池故渊。

池故渊登上去往芝加哥的飞机，在头等舱落座时，一旁穿着貂皮大衣的女人放下遮住脸的杂志，露出一张化着精致妆容的脸，莫妮卡笑着和他打招呼："嗨！"

"你也要去芝加哥？"池故渊愣了一下。

　　莫妮卡点头："准确地说，是跟你一起去。我爸爸让我跟在你身边学习，这也是池叔叔的建议。"

　　池故渊皱眉："我记得我上次已经说得很清楚了。"

　　"咱们这一趟是出差，又不是谈情说爱，你慌什么？"莫妮卡似有些生气地噘起嘴。

　　跟小鱼在一起之后，池故渊开始刻意与异性保持距离，无论是工作还是生活中，他在不希望有别的男人接近小鱼的同时，自己也会做到洁身自好。

　　池故渊往另一边挪了挪，拿出眼罩戴在眼睛上，开始补觉。

　　莫妮卡气鼓鼓地瞪了他好几眼，突然灵机一动，拿出手机和池故渊自拍了好几张。

　　三个小时后，飞机抵达芝加哥，莫妮卡拉着行李箱跟在池故渊身后，跟着他一起上了车，又跟着他来到酒店。

　　池故渊办理好入住手续，看向莫妮卡："你住哪里？"

　　"我出发得匆忙，还没来得及订酒店，要不跟你住一间？"莫妮卡嘻嘻笑道，"反正咱俩小时候经常睡一块儿。"

　　池故渊不理会她，直接对前台接待说道："给她订个房间。"

　　"先生，我们现在只有总统套房了。"接待抱歉地说道。

　　"那就给她订总统套房，刷我的卡。"池故渊面不改色。

　　莫妮卡幽怨地看着池故渊："你真狠心。"

　　"我是个有女朋友的人，请你自重。"池故渊一本正经地说罢，拉着行李箱走开了。

池故渊刚坐到酒店房间的床上，就第一时间给小鱼打了视频电话。

　　电话那端，小鱼坐在客厅的沙发上一边烤暖炉一边看书，她不知道怎么用视频聊天，随手按了一下接听键。

　　小鱼没摆正手机，池故渊看到的是精致的壁灯。

　　"你把手机正对着脸。"池故渊说道。

　　"哦。"小鱼拿起手机，直直地对着脸。即便是这样的死亡角度，她的脸也一点瑕疵都没有，很上镜。

　　如果小鱼进娱乐圈的话，光靠这张脸都能挣不少钱吧。

　　还好小鱼没有成为艺人，也还好她性子比较乖，不然池故渊一定会无时无刻不在吃醋。

　　"我现在到酒店了，后天早上九点的飞机，中午就能到纽约。"池故渊说道。

　　"嗯。"小鱼点点头。

　　池故渊跟小鱼聊了会儿天，然后才恋恋不舍地挂断电话，起身去洗漱。


　　第二天，池故渊和莫妮卡去芝加哥的公司开会。莫妮卡以前只在生活里接触过池故渊，这是她第一次看到池故渊工作时的模样，他果然是个狡诈而精明的商人，在商场上不会给对方留有余地，他善于开出让人无法抗拒的条件，如同瞄准猎物的鳄鱼，笃定对方一定在自己的射程内。

　　莫妮卡对池故渊的感情，在喜欢的基础上又多了几分崇拜。

"你工作时的样子真是太帅了。"走出会议室，莫妮卡啧啧感叹，然后又说，"为了庆祝我们拿下这个大客户，一起去吃顿好的吧。"

"不了，我不饿。"池故渊一口拒绝。他现在只想快点回酒店跟小鱼视频聊天，告诉他自己今天的工作很顺利。

隔天，池故渊和莫妮卡到达机场，快要登机的时候突然收到通知，由于暴雪，所有飞往纽约的航班将延误，起飞时间待定。

两人在机场从九点等到十一点，池故渊变得焦躁起来，不停地问机场工作人员，什么时候才能起飞，得到的答案都是无法确定。

"反正肯定能回去的，你着急什么？"莫妮卡不明白池故渊为何会如此焦虑。

池故渊坐立难安，他答应了小鱼一定会陪她过跨年夜的，可是飞机迟迟不起飞，甚至可能面临航班取消。

他千思百虑，最终决定租辆车开回去。

"你疯了！从芝加哥开车到纽约至少要十二个小时！"莫妮卡大叫起来。

十二个小时，他从十二点出发的话，抓紧点，能赶在零点到。

池故渊大步朝机场门口走去，打电话给租车公司。

"你为什么一定要今天回去！"莫妮卡抓住池故渊的手。

"因为小鱼在等我！"池故渊也觉得自己疯了，但此刻他已经顾不上思考那么多了，爱情让他失去了理智，他只想在零点前见到小鱼。

好像如果见不到，小鱼就会像美人鱼一样，在日出时化成泡沫。

从芝加哥到纽约全程走的是高速路，这一路上的风景很美，但池故渊无心欣赏，他穿过印第安纳州、俄亥俄州、宾夕法尼亚州，从正午时分开到晚霞满天，又从黄昏日落开到月明星稀。

他不眠不休地开了十二个小时，终于在 11 点 59 分开到了纽约长岛，停在别墅楼下。

客厅里，小鱼等池故渊等到睡着了，她被一阵尖锐的刹车声惊醒，抬眼望去，院子里赫然停着辆车，一个熟悉的身影站在雪地里。

小鱼看清了他的样子，从沙发上爬起来，去开门。

刚打开门就有个黑影猛地罩住了她，池故渊将她紧紧地抱在怀里："小鱼，新的一年，祝你快乐。"

零点的钟声正好响起，细碎的雪花飘飘扬扬地落着。

今年纽约的跨年夜，很美，也很温暖。

他从未如此爱过一个人。

小鱼去看他，才发现他满脸倦容，她问道："飞机延误了那么久吗？"

池故渊傻笑："是啊，差点儿就赶不上了。"

他像是耗尽了所有精力般，入门后便直直地在沙发上躺下了，全身酸痛，疲惫不堪，但他不肯闭上眼睛，一直看着小鱼。

小鱼不明白池故渊发生了什么事情，只觉得他有些奇怪，便问："怎么了？"

池故渊的嘴角疯狂上扬，后知后觉自己的行为有多幼稚。在小鱼面前，他越来越像青春期里固执喜欢一个人的大男孩，做一些可笑的事情，自我感动地去证明自己有多爱对方。

对，结果证明，他很爱对方。

"我只是发现我原来比想象中还要爱你。"池故渊温柔地说道。

　　跨年过后，纽约长岛又下了场大雪，外面天寒地冻，小鱼几乎不出门，只在露台上远远地看着大海，白雪覆盖了海边的礁石，就像老人脸上雪白的鬓发。

　　门铃的声音突然响起，小鱼以为是池故渊回来了，推开门一看，发现是祁朵朵。

　　祁朵朵递过来一个纸袋子，里面装着她亲手做的一些糕点："我挨家挨户地敲门，终于找着你了。"

　　"找我？"小鱼奇怪。

　　祁朵朵冻得直哆嗦，看了屋里一眼："能先让我进去坐坐吗？"

　　"哦。"小鱼反应过来，连忙将祁朵朵迎进来，关上门。

　　"这里的内部构造看起来和我住的那幢差不多。"祁朵朵打量着别墅。

　　小鱼端来倪姨离开前为她熬的暖汤，给祁朵朵。

　　祁朵朵一边喝着，身子渐渐暖了，她笑了笑："谢谢你。"

　　"你找我有事吗？"小鱼在沙发上坐下。

　　"池先生不在家吧？"

　　小鱼点头："他要晚上才回来。"

　　"那你一个人会无聊吗？"

　　当然会，虽然别墅里的娱乐设施很多，可是也会腻，池故渊不在的时候，没人能陪她聊天，她跟倪姨也没法交心。

　　"其实我也是一个人住。"祁朵朵眨眨眼睛，"我家那位是个

亲爱的
岛屿

大忙人，一个星期就来看我一次，有时候可能一个月，虽然有保姆，但基本不说话。"

那这么说，池故渊还比费少好一些，每星期至少过来三次，周末基本都陪着小鱼。

"不知道你有没有这种感觉？我们都像被囚在别墅里的宠物？"祁朵朵苦笑，一开始费少对她确实很好，金山银山都给她搬来，还让她住在大别墅里。因为费少，祁朵朵耽误了许多课程，最后还被学校下了多次警告，但她并不难过，满心欢喜地以为自己找到了爱情，找到了跨越阶层的捷径，可是才几个月过去，她好像就失去了吸引力，只有她不断哀求，费少才会抽空过来看她。

祁朵朵讲述着自己的故事，小鱼听得脊背发凉，她似乎也在怕池故渊会对自己失去兴趣，慢慢变得冷淡下来，爱情总是让人患得患失。

"也许他只是太忙了。"小鱼安慰祁朵朵。

"是啊，他现在是亚太区的负责人，经常需要中国、美国两地跑，更多时间是待在上海，所以我也能理解。"祁朵朵神色黯淡下来，"只是，不知道他在上海，是不是也有一只宠物。"

祁朵朵继续说："以前有人跟我说，美貌对于富人来说，是最不值钱的东西，女人必须有自己的价值，我那时候不认可，但我现在好像明白了。可是，我根本不知道自己的价值在哪里，我所有的一切，在他那里似乎都太渺小了。"

一语惊醒梦中人，小鱼怔了怔，离开远人岛，她就好像失去了自己的意义，她一直觉得自己与美国格格不入，是因为她在这里找寻不到任何存在的价值，坐拥豪宅香车，可灵魂是孤独和空虚的。

"我真的太寂寞了，恰巧你又住在附近，我第一次见你就觉得你是个特别善良的人，以后能经常来找你聊聊天吗？"祁朵朵拉起小鱼的手。

"当然可以。"小鱼点点头。

从那以后，祁朵朵经常来找小鱼玩，她都是趁池故渊不在家的时候过来，有时候教小鱼如何用烤箱做一些甜点和面包，有时候跟着小鱼一起学游泳，两人也常常跑到海边去捡好看的石子和贝壳、海螺。

祁朵朵告诉小鱼，她在中国内陆的一座边疆城市长大，她从小就梦想着来美国。后来她发奋学习，考到了纽约一所很不错的大学，可她发现对于她这样没有任何关系背景和丰厚资产的单身女性来说，嫁给一个美国公民才是最快拿到绿卡的办法。

她一直想跟拥有美籍的费少结婚，可是只要她提起结婚这件事情，费少都是敷衍过去。

"你为什么那么想留在美国？"小鱼不解。

"我也不知道，可能就是一种执念吧，虽然它跟我想象中确实不太一样，可我就是想留在这里。我不想回家乡当一个平庸而无知的小镇姑娘，美国让我觉得，我有无限的机会和可能。你看，我不过才来了三年，就已经得到我想要的生活了，住在大别墅里，也有一个非常有钱的男朋友。"

虽然小鱼不认同祁朵朵的价值观，但是她不会去评判对与错，她说出自己的想法："只要你不后悔就行。每个人都有自己追求的生活方式，你向往光鲜亮丽，那你就物质得坦荡些。而我，只想回到小岛上，自由自在地度过这一生。"远人岛、岛民、大海、灯塔和小海，这些才是她人生的全部意义。

祁朵朵也从小鱼那里听到了一些关于远人岛的故事，她很好奇但是并不向往："我能明白那样的日子，就跟住在小渔村里似的，但那样的地方对我来说，只适合度假不适合生活，重复着一天又一天、一眼就能看到头的生活，会让我很快产生厌倦。"

池故渊开始察觉到小鱼的变化，她的脸上好像多了些朝气和活力，不再像以前待在公寓时那般压抑，他以为是换了新的环境让小鱼的心情变好了。

"看来你在这里适应得还不错。"池故渊说道。

小鱼笑笑："我认识了一位新朋友。"

池故渊立刻警觉起来："男的女的？"

"当然是女的。"

"是谁？叫什么名字？住在哪里？干什么的？"池故渊开启了查户口式的盘问。

"哎呀，告诉你就没意思了。"小鱼答应过祁朵朵，不让池故渊知道。

"那你多留个心眼，别太容易相信别人。"池故渊嘱咐。

小鱼点点头："我知道啦。"

池故渊今天回来得早，还有大把的时间。

"今天一起泡个温泉吧。"池故渊想这件事情已经想了很久了，不等小鱼回答，他就霸道地将她打横抱起，朝顶楼的温泉池走去。

　　温泉池有个顶棚，四面透风，外面还飘着小雪，吹着冷风泡温泉，可谓是冰火两重天。

　　小鱼脱了外套，里面穿着一条白色的睡裙，跳进温泉里。

　　池故渊倒是脱得只剩下三角内裤，他不满地看着小鱼："跟我在一起泡温泉还要穿裙子吗？"他说着，就要去脱小鱼的衣服。

　　小鱼连忙躲开："啊，这样我会害羞。"

　　池故渊将她钳在温泉的一个角落里，高大的身子包裹住她，温泉的暖意迅速弥漫了身体的各个角落，小鱼一动不动，睁大眼睛看池故渊，目光澄澈。

　　池故渊心倏地一动，低头吻住她，低语道："你身子早就被我看光了，还害羞什么？"他坏笑，一只手早已向上卷起她的裙角。

　　纽约长岛下雪的冬天，没那么冷了。


　　中国的农历春节即将到来，小鱼以往在远人岛的时候，都会在门上贴上自己剪的福字，挨家挨户地串门，跟大家互道"过年好"。

　　祁朵朵今天本来是要来跟小鱼一块儿剪福字的，但小鱼等了很久，都没等到她来。到傍晚快吃晚饭的时候，祁朵朵才匆匆赶来："不好意思啊，今天费少突然来了，我得陪他，我是偷偷溜出来想跟你说件事情的。"

　　祁朵朵拿出手机，给小鱼看一张照片，正是莫妮卡在头等舱和池故渊自拍的照片，虽说两人关系好，但是这张照片里模糊了背景，池故渊戴着眼罩在睡觉，莫妮卡躺在他身边，一副宣示主权的姿态，很难不让人产生联想。

祁朵朵平时喜欢在 INS 上分享自己白富美的生活，有一天她偶然刷到了莫妮卡的 INS，点进去一看，就发现了这张照片，定位在芝加哥。

"我纠结了很久要不要告诉你，但我觉得你还是有权知道，你可以问问池先生，虽然这张照片是一个多月前发的，但说不定是老照片。"祁朵朵说道。

祁朵朵离开后，小鱼坐在沙发上发着呆，脑海里不断地浮现出那张照片。一个月前，又是在芝加哥，也就是池故渊跨年前去出差的那几天，可是池故渊明明到酒店后都会跟她视频聊天道晚安，没有什么异常。

唯一的不对劲应该是他跨年夜匆匆赶回来，在零点钟声响起的时候说爱她。

难道是出于愧疚之心吗？

小鱼心里越想越乱，她强迫自己停止思考，跑到电影厅看电影去了，可是无论她看什么，都无法沉进去。

她没有办法不去在意照片这件事情。

小鱼听倪姨说过，莫妮卡的家世很好，莫妮卡的父亲对池故渊的父亲有恩，两家来往十分密切，既是生意上的伙伴，又是多年的好友。而对于池故渊这样的人来说，莫妮卡自然是他结婚的最好人选，两人青梅竹马，这将是一场成功的商业联姻，能给池故渊的事业带来很多好处。

祁朵朵也说过，富人大概率只会和富人结婚，她不过是在抱着一丝侥幸，期望费少能够为她改变。

　　小鱼待在电影厅里，她没察觉到池故渊是什么时候来的。

　　"听倪姨说你今天没吃晚饭？"池故渊说道。

　　"嗯，我不饿。"小鱼没看他。

　　"那等我洗个澡，我们一起吃。"池故渊摸了摸小鱼的头，终于还是忍不住问出口，"你交的那个新朋友，是祁朵朵吧？"

　　小鱼这才仰头看池故渊，蓦地睁大眼睛："你怎么知道的？"

　　"问一下倪姨不就知道了。"他希望关于小鱼的一切都在他的掌控之中，他不允许她有任何隐瞒。

　　"是祁朵朵。"小鱼没有否认。

　　"我不是说过不要跟她和费少有任何来往吗？"池故渊皱眉。听倪姨说，小鱼和祁朵朵玩在一起已经有两个星期了。

　　"她人很好。"

　　"她只是表面单纯而已，她是费少的人，而我跟费少是竞争对手，她也许只是想通过你来打听我的事情。"

　　"不是的，费少也不知道她经常来找我玩。"

　　"你怎么知道他不知道？"

　　"朵朵说的。"

　　"她说的你就相信？不是让你不要轻易相信任何人吗？"池故渊有些恼怒。

　　"那你呢？那我就可以相信你吗？"小鱼站起身来，直直地看着池故渊，一褐一蓝的异瞳里写满悲伤和失望，她还是在意他和莫妮卡的那张照片的。

池故渊被小鱼的眼神吓到："什么意思？"

"你对我隐瞒了什么，你自己心里明白。"小鱼泪水落了下来，往门外走去。

池故渊拉住她，将她拽了回来，捏着她的胳膊："你把话说清楚。"

"疼！"小鱼被池故渊箍得生疼。

池故渊松开手，道了声歉。他沉住气，语气尽量温和："你好好说话，不然我听不懂。"

小鱼看着池故渊，她只觉得自己太卑微了，此刻连质问他跟另一个女人关系的勇气都没有。就像祁朵朵说的，她们只是宠物，宠物是不能惹主人不开心的，不然会被抛弃。

小鱼张了张嘴，话最终还是没能说出口，而是拿祁朵朵的话题做挡箭牌："如果没有朵朵，我的生活会像以前一样枯燥乏味，所以，你别阻止，行吗？"

池故渊顿了顿，沉默了一会儿，点头答应下来："只要她不伤害你就行，如果她敢动你一分一毫，我必定对她不客气。"

后来，池故渊将这句话通过电话转述给了祁朵朵。

电话那端的祁朵朵大笑起来，她笑了很久，然后问池故渊："你对小鱼是认真的？"

"是。"池故渊斩钉截铁地回答。

"真羡慕她啊。"祁朵朵失神起来，电话突然被那边挂断，只剩下寂静的声音。

# 第十章
## 为你背叛全世界也在所不惜

年夜饭池鑫想带池故渊去莫家别墅吃，池故渊知道此举又是为了撮合他和莫妮卡的婚事，他决定将小鱼介绍给父亲："我不会跟小鱼分开的。"

池鑫听闻小鱼是池大爷的养孙女后，才终于明白池故渊为什么

親愛的
島嶼

突然变得"荒唐"起来，原来这份孽缘，从三年前池故渊去远人岛就已经种下了。

"看来老爷子到死都不肯放过我啊。"池鑫感叹。

池故渊听到这话感到十分不适："你怎么能这么说爷爷？"

"难道不是吗？他都走了，还要留灯塔给你，灯塔留不住你，于是他又用养孙女来套住你，从头到尾，不过是他妄想把你带回远人岛的阴谋罢了。"

"小鱼已经跟我来美国了，她为了我妥协了很多，不是你想的那样！"

"呵呵，那个女人不过是在引诱你罢了，想带你回远人岛，你现在只是一时的鬼迷心窍。"池鑫拍拍池故渊的肩膀，"你难道忘了我们父子俩当初的雄心壮志吗？你在十八岁那年，生日愿望说的可是要撼动整个美国，现在因为一个女人就要放弃了？玩归玩，但男人不能忘记自己的事业，莫妮卡才是最适合你的结婚对象。"

"可是我不希望自己的婚姻只是为了商业利益。"遇到小鱼之后，池故渊只想跟她在一起，如果要结婚，对象只能是她。

"但这样的婚姻才稳固，更何况莫妮卡还很喜欢你，日久生情，你总会喜欢上她的。"

"那你跟妈妈呢？"池故渊问。

池鑫当初选妻子时，确实是看中对方的家世，因为这段婚姻他才能更顺利地成为一名美国公民，在华尔街大展拳脚。

"我曾经在远人岛也有很喜欢的女人，可是有什么用？我如果当初为了她留在远人岛，那我一辈子都不可能有今天的成就，选择

· 223 ·

你的母亲，是我这辈子关于婚姻做得最正确的决定。"

"只怕妈妈听到这些话会很难过。"池故渊愤愤地转身离开。

池故渊去找莫妮卡，希望能再次劝她放手。

莫妮卡正在挑选过年穿的新衣裳，她从试衣间里走进走出，不停地问池故渊："这件好看吗？还是刚刚那件好看？要不我再试试这件……"

池故渊坐在沙发上，感到很头疼："我都给你买下来行吗？刚刚我跟你说的话，你到底听进去没有？"

"听进去了啊，不就是想让我放弃跟你结婚的念头吗？"

"嗯。"池故渊点头。

"我好像想通了一件事情，女人的衣橱里，永远没有最宠爱的衣服，觉得最好看的一定是下一件，男人挑选女人也是如此，都说女人如衣服，原来是这个意思。"莫妮卡缓缓地说道。

服务员过来帮她系腰间的绑带，她深吸了口气，绑带猛地一拉，将她原本就细的腰束得更是盈盈一握。

池故渊不明白莫妮卡的话："你想说什么？"

莫妮卡看了身边的导购员一眼，让她们回避一下，更衣间里只剩下莫妮卡和池故渊两人。

"我可以容忍小鱼的存在。"她向来是个高傲的人，自然要求自己的伴侣忠贞不贰，可是在池故渊这里，她妥协了。祁朵朵确实是她派过去的，她从祁朵朵那里了解到池故渊对小鱼有多么用心，他从未对一个女人这样过。

从池故渊警告祁朵朵开始，她就知道自己输了。

她若是逼得小鱼受伤的话，池故渊一定会记恨她。

所以唯一的办法，是她先把婚事敲定下来，再慢慢跟小鱼玩心理战，逼小鱼主动退出。

"你跟我结婚，同时你也可以和小鱼交往，但小鱼已经是我的极限，不能再有其他女人。"听起来像是她是正室，小鱼是妾。

"这不可能！我的妻子只能是小鱼！"池故渊没想到莫妮卡会说出如此荒唐的话来。他自知劝不动莫妮卡，头也不回地大步离开了服装店。

很多男人向往家里红旗不倒、外面彩旗飘飘，说到底都是不爱或者不够爱罢了，真正喜欢一个人，眼里哪里容得下其他旗子。

也怎么可能让心爱的她受伤。

池故渊决定任性一回，他回到别墅对小鱼说："我们回远人岛过年吧。"

小鱼像是听到一件十分了不得的事情，瞪大眼睛，一脸震惊："你说的是真的吗？我没听错吧？"

"是真的。"池故渊将小鱼拥入怀中。

小鱼一听说要回远人岛，兴奋得无法自已："我们什么时候走？我现在就去收拾行李！"她挣脱开池故渊的怀抱，朝楼上跑去，跑的时候过于匆忙，跟跄了一下险些跌倒。

池故渊心疼又好笑地提醒她："小心点。"

要带的东西并不多，小鱼很快收拾好，她盘算着："是不是得给大家带点特产？"

池故渊给小鱼出主意："可以带些蔓越莓、蓝莓以及咖啡。"

"这些我都没吃过哎。"远人岛资源有限，没有这些东西。

"那走吧，我带你去喝下午茶。"

说走就走，池故渊带小鱼去了纽约第五大道的一家咖啡厅，整个咖啡厅从墙面到桌椅以及装饰品，都是浪漫的水蓝色，明亮的橱窗外，是纽约靓丽的风景。

池故渊给小鱼点了蔓越莓和蓝莓的蛋糕以及马卡龙，搭配美式咖啡。

小鱼吃到蔓越莓和蓝莓的果粒，反复咀嚼了好几下："好甜啊。"然后她又喝了口咖啡，"好苦。"

"你吃完太甜的东西喝咖啡，自然是很苦，放些方糖就好了。"池故渊往她的咖啡里添加方糖。

小鱼又尝了口，笑道："这样好多了。"

旁边有两个网红正在摆拍，池故渊看了眼，拿出手机给小鱼拍了几张照片，照片里的小鱼是很自然的状态，一颦一笑都明艳动人。

小鱼发现池故渊在拍自己，脸红起来："为什么拍我？"

"这样我上班的时候想你的话，就可以看看你的照片了。"池故渊笑笑，伸手替小鱼揩去嘴角上的奶油。

下午茶后，池故渊带小鱼去买礼品，小鱼像个小掌柜一样计算着："这个给村长，还有船长、牛大爷、花婆婆、汤叔叔、汤娅茹、陶姨以及陶林……"

听到陶林时，池故渊脸黑了一下，从小鱼手中抽过盛着蔓越莓的爱心形状的玻璃瓶："给陶林的为什么要爱心杯子？"

"这里只有爱心杯子呀。"给村长他们的也都是这样的杯子。

"那就换个礼物。"池故渊霸道地说。

"你真的好喜欢吃醋哦，醋坛子。"小鱼嘻嘻笑道。

池故渊傲娇："哼，还不是因为太喜欢你了。"

两人一边走一边挑着礼物，池故渊负责拎东西，跟小鱼在一起的时候，时间变得很慢很慢，慢到池故渊可以去思考生活中的很多东西，而不是一心只想着赚钱，只想着如何壮大自己的商业帝国而不择手段。

他们挑了满满当当的礼物，池故渊特意给小鱼买了个更大的行李箱，好让她装这些礼品。

池故渊上了飞机，给父亲留了言"今年过年不能陪您过了，抱歉"，然后关机，将所有来电通话转移到语音信箱，他想不受打扰地陪小鱼过个好年。

他们先飞到上海，跟同样要回远人岛的汤娅茹会合。

汤娅茹和小鱼一样，一开始听到池故渊说要回来过年时感到无比震惊，再三确认，才难以置信地接受了这个事实。

"真是太稀奇了，我还以为你们这次去美国，应该把远人岛忘得一干二净了，平时也没联络过我。"汤娅茹不停地埋怨，但当小鱼掏出礼物给她时，她很快就变了脸，笑嘻嘻道，"这才够意思嘛。"

他们乘上去往远人岛的客船，池故渊发现船上贴了很多喜庆的东西。小鱼笑着解释道:"这艘船就像船长的第二个家,只要过节,船长都会根据节日主题进行一番布置。"

而且船长总幻想自己是加勒比海盗,在万圣节时会打扮成杰克船长的样子。

这次去远人岛的乘客很多,坐满了整个船舱,他们大部分都是从远人岛到外面打拼的游子,一到过年就踏上了回乡的路程。

船长看到池故渊回来过年很激动,用广播向大家宣布道:"我们这艘船,最远的有从美国回来过年的!不管你们身在何方,都请你们永远记住,远人岛是你们的家……"说着,一边播放起《常回家看看》这首歌。

弄得满船舱的人泪流满面,好像是船长把他们集体绑架了似的。

从踏上这艘船开始,便嗅到了属于远人岛的烟火气息,池故渊笑笑,耳边不停地回响着歌曲的旋律。

池故渊握着小鱼的手,转头看她。小鱼幸福地笑着,笑容很灿烂。

这样短暂的美好,如果能够持续一生该多好,池故渊心想。

远人岛的岛民们早已经在码头等待了,一个个探头张望着,在看到客船的身影时欢呼起来:"他们回来了回来了!"然后用力地招手。

远人岛总是喜欢把一些微小的事情弄得声势浩大,直戳人心。

不过是回个家,却仿佛是凯旋的勇士,乡亲父老都跑出来迎接。

船渐渐靠岸,池故渊和小鱼等人差不多走光了再下去。

回乡的人扑进家人们的怀抱,哭作一团,池故渊看着眼前煽情的景象,在心里感慨:原来春运的广告是真的啊,现实就是这么夸

亲爱的
岛屿

张。

"欢迎回家。"可是当村长带领一众岛民来迎接池故渊和小鱼时，池故渊望着这一张张熟悉而亲切的脸庞，不知怎的心酸了。

而一旁的小鱼早已哭成了泪人，她已经离开整整五个月了，她甚至都觉得自己像是做了场去往异次元的梦。

梦里有很多光怪陆离的东西，却都无法填补她这颗思乡的心。

"你能跟小鱼回来过年，大家都很高兴。"村长看着池故渊慈祥地笑着，"果然你爷爷没看错你，虽然他没见过你，但是他知道你一定有颗回家的心。"

其他岛民也都热热闹闹地凑了过来，七嘴八舌地议论着：

"见你们一面真是不容易啊，美国离我们那么远吗？"

"盼星星盼月亮，可算是把你们给盼回来了。"

"小鱼好像去美国一趟变时髦了呀。"

……

人群中只有陶林一直沉默着，他直勾勾地看着小鱼和池故渊，眼底藏着巨大的悲伤和愤怒。

众人将小鱼和池故渊迎回池大爷的家里，村长得知他们要来之后，特意找人打扫收拾了一番。屋子里一点灰尘也没有，只是院子缺乏修理而长出了不少杂草，那只老母鸡则被牛大爷拿去了。

小鱼打开行李箱，将礼品一一分发给每个人，她正要递给陶林时，池故渊抢先一步，将一罐蔓越莓干摆到陶林旁边的桌子上："给你的。"

陶林看了一眼，点点头。他从前是板寸头，现在留长了头发，也任由胡子乱长，看上去有些不修边幅，小鱼刚开始的时候都没认出他来。

"怎么还给我们带了礼物啊？"

"呀，这是什么，没见过哩。"

"这太漂亮了，我要拿回去供起来。"

……

岛民们兴致勃勃地讨论着，摆弄着各自的礼品爱不释手。

小鱼笑道："这些都是吃的，一定得吃掉，不然会过期。"

"你们赶路一定很累吧？就不打扰你们了，你们好好休息。"村长通情达理地说道。

岛民们乖乖听话，叽叽喳喳地离开了。陶林在走出院子时还回头望了眼池故渊和小鱼，目光有些阴森。

池故渊和小鱼累得瘫在床上休息了很久。

小鱼的脸上始终浮着满足的笑容："回家的感觉真好啊。"

只有在远人岛，小鱼才会笑得这么开心。

池故渊不禁有些动容，握着小鱼的手，放到嘴边亲了亲。

"那我先去洗澡了。"小鱼从床上爬起来。

"可是我也想洗。"池故渊舍不得放开她的手。

"那你先洗？"

"卫生间只有一个，为了节省时间，要不我们一起洗吧？"池故渊坏笑道。

小鱼的脸红了起来，娇嗔道："不要啦！"

她正要爬下床，却又被池故渊拉了回来："这可由不得你。"

池故渊起身，将小鱼横抱起，朝卫生间走去。

"啊！"小鱼害羞地叫起来。

"不想让街坊邻居都听到的话，就尽情叫吧。"池故渊低头用下巴蹭了蹭她的脸。

听池故渊这么说，小鱼不敢叫了。

池故渊在花洒下放下小鱼，一只手放在她的腰间，将她往上提了提，低头吻住她，另一只手则去打开淋浴，水流了下来，将他们贴在一起的身子浇湿。

洗完澡后，池故渊抱着小鱼走出来，小鱼像一只考拉挂在他身上，双手环住他的脖子。她全身散发着香喷喷的沐浴露味道，池故渊将她放在床上，忍不住又亲了亲她。

"啊，你怎么没完没了的？"小鱼被池故渊的体力震惊了。

"有你这么个漂亮的女朋友，体力不好怎么行？"池故渊坏笑，覆住她……

一个小时后，池故渊和小鱼坐在床上，两人不约而同地看向窗外，他们心照不宣地笑了笑。

"我现在特别想去一个地方。"小鱼说道。

"我也想，那我们一起说，看是不是同一个。"

"好。"

"一，二，三！"

两人异口同声道："灯塔！"

他们穿好衣服，手牵着手朝灯塔走去。

这个季节从纽约回到远人岛，就好像一下子进入了夏天，夜晚的远人岛也不算冷，海风吹在脸上，湿润润的。

阿运正在守灯塔，池故渊和小鱼推开门走进去的时候，他正趴在桌子上呼呼大睡，口水都要流下来了，小鱼恶作剧地从后面猛地拍了下他的背。

阿运吓得大叫："我没睡觉！我没睡觉！"喊话的时候眼睛还是闭着的，过了会儿才慢慢睁开眼睛，看到眼前的两个人很惊喜，"池大哥，小鱼！"

阿运知道池故渊和小鱼今天回来，按照池故渊的嘱咐，给灯塔房间里的床单、被单和枕头套重新换了套干净的，等着他们来。

"你今天先下班吧。"池故渊说道。

"谢谢池大哥！"阿运开心地笑起来，跑出房间。

"灯塔也是会老的。"明明只是离开了五个月，小鱼却觉得自己像离开了五年那么长，灯塔似乎在以肉眼可见的速度苍老下来，墙皮都有几处脱落了。

"我可以找人来翻新一下。"池故渊摸了摸墙壁，仿佛它是有生命的，它见证了池家的世世代代，饱经风霜。

池故渊和小鱼朝灯塔的窗外望去，月亮升起来了，将海面映照得波光粼粼，与灯塔的光交相辉映，波浪一层又一层，轻轻地吻着礁石，耳边传来大海的声音，像温柔的絮语。

灯塔与大海，其实也见证了池故渊和小鱼的爱情。

借着清幽的月亮，寂静的大海与古老的灯塔，池故渊郑重其事地半跪下，仰头望着小鱼，笼罩在光芒里的小鱼仿佛美丽的缪斯女神与幻化成泡沫的美人鱼，他痴痴地说道："小鱼，嫁给我好吗？"

小鱼怔了怔，没想到池故渊会在这个时候突然求婚，如果她嫁给池故渊，是不是就跟他一样成为了美籍华人？那她从户口上，就不再属于远人岛了。

小鱼沉默了很久，最终叹了口气："结婚后，你可以待在美国，而我待在远人岛，行吗？"

这是不可能的事情。

"你不在我身边的话我会抓狂得要疯掉的，我可以经常陪你回远人岛看看。"

"可是远人岛才是我存在的意义，我的人生，是为大海和灯塔而活，离开了它们，我什么都不是，只是一具没有灵魂的躯壳。故渊哥哥，我很喜欢你，可是我也很痛苦。"小鱼说着眼泪落了下来，"为什么你不能像真正的池家人那样，守着灯塔，继承这个伟大的使命？"

小鱼哭得越发激烈："我要是没有爱上你就好了，要是不曾遇见你就好了……"

"不许你说这样的胡话。"池故渊的心一阵阵绞痛，他站起身来，紧紧抱着小鱼，"能够遇见你，我真的很感激，遇见你，我才知道心动是怎么一回事，我才明白原来爱情真的存在。"

池故渊有些动摇了，他可以为小鱼背叛全世界，又为什么不能够为了她而留下来，远离那些纷纷扰扰，远离欲望的泥潭，跟她在这座小岛上度过余生，反正人最后都是要死的，拥有再多的财富也无法带走。

池故渊和小鱼在灯塔醒来，远处的大海仿佛燃烧起来了，在朝阳的映照下闪烁着一片浩瀚无边的红光。

远人岛的年味颇浓，家家户户都贴了对联，挂着灯笼，他们一路走回家，路上不管是认识的，还是不认识的，都会对他们说声"过年好"。

花婆婆送来她自己亲手剪的福字和窗花，池故渊帮阿运还清债务这件事情，她一直记挂在心里，觉得难以报答池故渊。

远人岛的岛民们从不贪婪，他们懂得知恩图报，人与人之间的关系才能这般和谐，也正是因为他们这些可爱的人儿，才让这座小岛充满了生机与活力，其乐融融。

为迎合节日气氛，小鱼难得穿了条红色的裙子，将她的皮肤衬得更雪白了，阳光下仿佛发着光。池故渊也换了件枣红色的衬衫，两人站在一起，郎才女貌，仿佛天造地设的一对。

每当有重大节日，远人岛都会组织百家宴，年夜饭也不例外，每家每户都拿出自己的拿手好菜，小鱼则做了在美国时祁朵朵教她的三明治和汉堡包。

天边太阳西沉，黛色的夜幕开始降临，百家宴拼接的桌子两侧搭起木杆子，挂上灯，一排排小灯明晃晃地亮了起来，仿佛十里长街般壮观。灯下是热闹聚集的岛民们，桌子上摆放着各式各样的美味佳肴，色彩缤纷，仿佛一卷铺开的长长油画。

大家都对从来没有吃过的三明治和汉堡包感到新奇，每个人都要凑过来尝一尝，很快小鱼做的那几份都被瓜分个精光了。

小鱼见大家喜欢，便要再去多做几份。

花婆婆连忙拉住小鱼："先把团圆饭吃了。"

村长站起来，端起酒杯向大家致辞："新的一年，祝大家心想事成，万事如意，也希望远人岛发展得越来越好，新年快乐！"

岛民们纷纷回应："新年快乐！"然后举起酒杯一饮而尽。

池故渊正要喝酒，小鱼有些担心："这是岛民们自己酿的酒，度数可能有点高。"

池故渊一杯喝下，没有太大感觉，他笑道："放心吧，我酒量很好的。"像他这样经常需要应酬的人，酒量不好可怎么行。

紧接着，岛民们纷纷来跟池故渊喝酒，牛大爷有些凶："小鱼都瘦了，一看你就没把她照顾好，她在美国一定受了不少委屈吧？"

"牛爷爷，我在美国过得很好。"小鱼笑笑，笑容却有些苦涩。

"过得好怎么电话也不打一个，我又不是没有手机。"牛大爷埋怨。

"对不起。"小鱼垂下头来。

"你爷爷走之前还特意嘱咐我要好好看着你，我待你就像亲孙女一样，你要是不开心，我也会很难过。池故渊这混账小子我也就不说了，跟他爸一样铁了心要待在美国，可是啊……"牛大爷看向池故渊，"你真的能给小鱼想要的生活吗？你真的明白她想要的究竟是什么吗？"

池故渊一怔，他明白牛大爷在说什么，这段感情，他确实辜负了小鱼很多。

牛大爷指了指海边的灯塔："你们池家，再不守灯塔，灯塔可就没了。"

"这是什么意思？"池故渊和小鱼同时愣住。

"这座灯塔太旧了，政府想要拆了这座灯塔建新的，而且会在塔上装上智能灯，远程操控就可以，不用费力气守了。"一旁的花婆婆解释道。

池故渊慌了："这座灯塔不是池家的吗？"

"你都放弃了，还哪儿来的池家？"牛大爷鼓着眼睛瞪他。

"什么时候拆？"小鱼颤抖着问。这座灯塔，她看了十三年，就要这样消失了吗？这可是池家世世代代的财产和存在的意义啊。

"应该就年后吧。"牛大爷叹气，"你们这些年轻人，总要等到失去才懂得珍惜。"

"我不会让灯塔被拆了的！"池故渊猛地想起爷爷的笔记本，灯塔曾陪伴了爷爷一生，怎么能就这样平白无故地消失？它是池家人的使命，亦是岛民们的希望。

池故渊走到村长身旁，村长正和一个老人说着话，老人说话的语速很慢，村长耐心地听着。池故渊等了一会儿，终于按捺不住，打断他们："村长，灯塔不能拆，我是池家人，没有经过我的同意不能拆掉灯塔。"

村长意味深长地看了眼池故渊："今天是过年，别说这些不高兴的事情。"

池故渊张了张嘴，欲言又止，气愤地走开了。

他回到位置上，闷闷地喝着酒。

島民们有的还在吃，有的跑到沙滩上放烟花去了，美丽的烟花升上空中，五彩缤纷地炸开，仿佛是开在灯塔边的一朵朵绚烂的花。

"轰"的一声，灯塔突然塌了，池故渊的脑袋瞬间短路，耳边传来耳鸣的声音，他慢慢缓过神来，才发现灯塔还在，刚刚只是幻觉。

守着灯塔的那些回忆一点点漫了上来，他曾在灯塔上看过日出日落，看过星河明月，看那些渔船一艘艘归来。

他记得从海上看灯塔的时候，灯塔金灿灿的光像镶在黑暗中的宝石，发射的光在海面上劈开一条狭长而明亮的路，那是回家的路。

他曾质疑过灯塔的重要性，他说柴油机这个东西就应该被淘汰，他说现在有卫星定位那么方便，不需要耗费一个人一生的精力去守灯塔，可是此刻他终于明白了灯塔的意义，它就跟人一样，或许并不完美，但是无可替代。

"小鱼，灯塔不能被拆。"池故渊抱着小鱼哭得像个孩子。

小鱼的心也很疼，没了灯塔，她好像再也找不到回家的路了。

池故渊喝得酩酊大醉，抱完小鱼后又去抱灯塔，他两只手臂完全伸开也抱不过来，便要小鱼跟着一起抱。小鱼看他喝醉了，只好陪他一起疯。

两人贴在白色的灯塔墙面上，小鱼问池故渊："你这么喜欢灯塔，为什么不回来守它？"

"对啊，我喜欢它，为什么不守着它？"池故渊像是在问自己。他可以带走小鱼，可是他没法带走灯塔，灯塔就在这里，一直等着他回来。

池故渊后来直接断片了，还是陶林和牛大爷两人把他给抬回家的。

"这人就是一身铜臭味，他会把你给污染的。"陶林看着池故渊，恨恨地对小鱼说道。

"不是的，故渊哥哥有他自己的事业，只是志不在这里而已。"小鱼解释道。

陶林呆呆地看了小鱼很久，说道："你变了，你以前不是这样的。"

"我只是变得包容了很多。故渊哥哥不想继承灯塔，我不会逼迫他。"小鱼当然希望池故渊能够秉承池家世代的规矩守护灯塔，可是让他待在远人岛，也许就跟让她待在美国一样痛苦呢？她不希望池故渊痛苦。

"那灯塔都要被拆了，你不阻止吗？"陶林问。

"我当然会阻止。"小鱼看着池故渊，"我相信他也会阻止的。"

"这座灯塔本来就是池家的祖先建的，现在池家的人都不要了，灯塔自然也没意义了。"陶林说罢，便离开了。

池故渊在梦里梦到了灯塔，梦到池家的先人是如何耗费巨大的人力物力修建了这座灯塔，然后将守灯塔的职责一代代传承下去。

池故渊第二天醒来时还在呢喃着"灯塔"这两个字，他睁开眼，朝窗外望去，灯塔还在，他舒了口气，垂眼看到趴在他身旁的小鱼。

小鱼照顾了他整整一个晚上，他夜里难受起来吐，小鱼不嫌弃地帮他处理呕吐物，又帮他换了干净的衣裳。

这是池故渊第一次醉得这么厉害，他从前并非千杯不醉，只是

懂得如何控制酒量，可是昨晚，他就是想喝酒，好像把自己给灌醉了，
就可以不去想灯塔的事情了。

"你醒了？"小鱼察觉到池故渊的动静，也跟着醒了过来，她
站起身来，"我去给你做醒酒汤。"

"不用。"池故渊掀开被子从床上下来，拉起小鱼的手，"我
们去找村长说说灯塔的事情。"

初一远人岛有拜年的风俗，池故渊大清早来敲门，村长还以为
是岛民们来给他拜年了，穿好衣服后来开门。

"灯塔没有经过我的同意，不能拆。"池故渊开门见山。

"哟？这时候想起自己是池家人了？你当初可是主动放弃了这
份遗产，它也就与你无关了。"村长声音冷淡。

池故渊又被推到了两难的境地。

"这样吧，给你一个月的时间，这也是政府给的期限，如果一
个月后你仍选择放弃灯塔，那么灯塔确实没有存在的必要了，非拆
不可。"村长说完，便关上了门，然后又打开门，朝池故渊露出一
个礼貌的微笑，"新年快乐。"

池故渊气得不行，他想直接去找政府商量，但现在是春节期间，
政府早已放假了，怎么着也得等到大年初七上班。

池故渊打开手机，思索着如何利用人脉处理灯塔的事情时，手
机刚开机，就弹出来一堆未读信息和未接来电，全是父亲和 Adele
以及莫妮卡发来的。

父亲现在一定满世界找他，池故渊突然想到，或许父亲可以留
住灯塔。

"我们先回美国吧，也许父亲能够保全灯塔。"池故渊对小鱼说道。

"在走之前，我可以先去看看小海吗？"小鱼不知道下一次回远人岛是什么时候了，她怕一走，又是好几个月。

"好。"池故渊没有找陶林，而是让牛大爷开船带他们去。

小鱼来到曾经生活的那个岛上，站在礁石上呼唤小海的名字，很快海面上露出鱼鳍和一双眼睛，小海先是一愣，似乎不敢相信自己见到的是真的。

小鱼纵身跳进大海里，游到小海的身边。

小海见到久别重逢的故人，不停地嘶鸣着，蹭着小鱼，流着欣喜的眼泪。

这是池故渊第一次看到，海豚在流眼泪。

小鱼跟小海在海里玩了很久很久，她要离开的时候，小海一直在渔船周围转圈，不想让小鱼走。

小鱼不停地安慰小海，它就像个撒娇的孩子，贴在船面上。

小鱼和小海之间的感情，早已超越了人类和动物之间的情感，他们更像是亲人，能够沟通和分享彼此的喜怒哀乐。

小鱼告别了小海，眼里溢着泪水："还好，只要看到小海平安无事，我就放心了。"

池故渊突然想让小鱼留下来，可是他说不出口，他没有办法跟小鱼天各一方，虽然在纽约他们经常一天都见不到面，可至少池故渊知道她在，知道她在他触手可及的地方，不用担心她被抢走。

池故渊还是没有办法放下自己的私心，他对小鱼的爱太过热烈，他没有办法忍受与她分开的痛苦。

　　池故渊跟小鱼隔天回到了美国，池故渊将小鱼送回别墅后，立马去找父亲，想要劝父亲出面保住灯塔。

　　没想到父亲听到灯塔要消失无动于衷："你现在最应该关心的是怎么跟莫家交代。你真是把我的脸给丢大了！"

　　"灯塔曾陪伴您二十多年，您对它就真的一点感情都没有吗？"池故渊对父亲感到失望。

　　"如果没有灯塔，我们池家会过得更好，至少不用一辈子囚在那个小岛上，你知道我从农民阶层爬到现在的富人阶层，吃了多少苦吗？如果不跟莫家联姻，不抱着莫家这棵大树的话，我们只会被别人嘲讽是暴发户，永远也别想挤入上流社会的行列！"父亲怒气冲天地说道。

　　"进入上流社会，然后呢？"

　　"然后把我们池家变成贵族阶级！"

　　"然后呢？"

　　"这是一件多么光宗耀祖的事情，你难道意识不到吗？"

　　"可是爷爷以及曾爷爷他们从不追求这些，美国是一个社会，我们拼了命想往上爬，然后不断地被踩、再踩别人，真的太累了。远人岛也是一个社会，我们在那里已经有了存在的意义，我们不能忘了根。"

　　"你这话什么意思？难道你要回去守着那个破灯塔吗？"

　　"也不是不可以。"池故渊也没想到自己会说出这样的话来。

池鑫气得半天说不出话来。

FINA 金融公司在开春之际举办了一次团建，池故渊想把小鱼也带上，小鱼有些担忧："可是我都不认识他们。"

"正是因为不认识，所以要介绍给他们认识。更重要的是，我要把你介绍给我父亲，不管他同不同意，我都娶定你了。"池故渊想给小鱼一个交代。

团建的地点定在酒店露台的酒吧，当池故渊传说中的女友小鱼出现在大家面前时，大家都被小鱼的颜值给惊艳住了。

池故渊领着小鱼来到池鑫面前，郑重其事地介绍："爸，这是我的女朋友，小鱼。"

池鑫看了看小鱼，确实长得很美，他冷笑一声，沉住气："怪不得。"

"池叔叔好。"小鱼看着眼前的男人，原来这就是爷爷的儿子吗？他确实跟爷爷眉宇间有几分相似，不过看上去比爷爷更锐利些，不太好接近的样子。

池鑫没有回应小鱼，离开露台，去休息室里抽烟缓解心中的怒火。

费少也在场，他没想到池故渊会把小鱼介绍给所有人，他笑道："你小子这次是动真情了？"

"嗯。"好像所有人都不相信他会动真心，所有人都要来问一遍，然后听听他那无比坚定的答案。

"朵朵没有跟你一起来吗？"小鱼问。她回到纽约之后，就没见过祁朵朵了，她曾给祁朵朵发过短信，但对方始终没有回，她虽然知道祁朵朵住在哪里，但是不敢贸然去找，怕祁朵朵介意。

费少喝了口红酒，抿嘴一笑："我跟她已经分手了。"

"啊？"小鱼感到震惊。

费少又喝了口红酒，这一口红酒还未下肚时，顶层的电梯门打开，从里面走出来一个气冲冲的女人，愤怒地喊着他的名字。

所有人都顺着声音望去，来的人正是祁朵朵，她没有化妆，看上去气色很差，头发乱糟糟的，她穿着一条单薄的粉色长裙，朝费少走来："费少！你毁了我！你害我辍学，害我即将被遣返回国！我所有的一切都被你给毁了！"

"朵朵。"小鱼正要去跟祁朵朵说话，却被池故渊拉住："这种事情，是他们之间的私人问题，你最好少掺和。"

其余人都瞠目结舌地看着费少和祁朵朵。

费少的脸上没有丝毫愧疚，反而笑起来："我毁了你？我给你买名牌包包，还让你住大别墅，我对你不好吗？"

"可是你没有告诉我你已经结婚了！"祁朵朵嘶吼起来。

费少已经结婚了？小鱼不可置信地瞪大眼睛，看向池故渊。

祁朵朵注意到小鱼和池故渊也在场，冷笑道："你们应该都知道他已经结婚了，为什么不告诉我？我还傻傻地期盼着能跟他结婚，现在所有的一切都毁了！"

祁朵朵将全部的人生都赌在和费少结婚这件事情上，只要结婚，三年后她就能拿到绿卡，可是费少在将她玩腻了之后很快抛弃，她又被学校开除，很快就要被遣返回国了，她的美国梦完完全全泡汤了。

祁朵朵不甘心，却也无可奈何，只能做最后的反扑。

如果她当初知道费少已经结婚，她绝不会接近他，她的目标本来是有钱的单身男性，能够跟她结婚帮助她拿到绿卡。

"我以为你应该知道，而且这种事情，我们就算知道，也没有义务告诉你吧，这样有什么好处？"池故渊回应道。

小鱼拽了拽池故渊的袖子，示意他不应该说这么狠的话。

"啊！"祁朵朵索性破罐子破摔，朝费少疯狂地扑过去，将他扑倒在地，如一头凶狠的野兽撕咬着他，"你赔我人生！你还我清白！啊！"

费少使劲挣扎，围观的人都不敢上前阻止，最后还是池故渊提醒旁边的员工："去把保安叫来。"

保安很快赶来，将祁朵朵拉开，祁朵朵双脚在空中不停地朝费少踢着，狂吼着，形象全无。

费少狼狈地从地上爬起来，仍觉得自己没有错："我就算没有结婚又如何？即便单身我也不会和你结婚，像你这样爱慕虚荣的女人，只要给钱就可以，在纽约一抓一大把，我在外面玩玩就行了，怎么可能娶回家？"

祁朵朵被费少戳中最不堪的地方，她咬牙切齿："我会让你后悔的！"

"抱歉，我真不会后悔，我反倒觉得自己省了不少钱。"费少无情地笑道。

小鱼此刻只觉得这个社会丑陋极了。

被最后一根稻草压垮，祁朵朵挣脱保安的手，向前跑去，所有人都以为她要再次扑向费少时，却见她直直地冲向栏杆，然后纵身一跃，从酒店的 24 层露台跳下去了。

"啊！"不少人吓得尖叫起来。

池故渊连忙把小鱼拉进怀里，捂住她的眼睛和耳朵："别看别听。"

小鱼靠在池故渊的胸膛上不停颤抖，泪水落了下来。她掰开池故渊的手，试图寻找祁朵朵的身影："朵朵呢？她就这么消失了吗？朵朵呢？"

她号啕大哭起来，怎么也不肯相信方才还活生生的一个人，就这样没了。

小鱼哭着跑向栏杆，从上往下望，可是下面只有川流不息的马路。

池故渊死死地拽着小鱼："小鱼，我们先回家，回家再说。"

费少也没想到祁朵朵会做出这么疯狂的举动，他站在原地呆住了。

池鑫从电梯里走出来，他有些纳闷，怎么气氛变得不对劲了。

费少木讷地看着池鑫，露出一个似笑非笑的表情："池总，今晚的好戏太精彩了，就先到这里，大家散了吧。"

池故渊听到费少将刚刚的一切形容为一场"好戏"，怒火从心中燃烧了起来，冲过去就给了费少一拳："你不配做人！"

费少头歪了一下，依旧在笑着，笑声十分骇人，也没还手。

池故渊瞪了他一眼，带着小鱼离开。

## 第十一章
## 回家吧，回到最初的美好

　　电梯里，小鱼仍在不住地发抖，池故渊紧紧地抱住她，极力安抚她："没事了，没事了。"

　　电梯来到负一层的停车场，池故渊坐上驾驶座，给小鱼系好安全带，开出酒店时，看见附近聚集了很多人，警察已经赶到，围起了警戒线。

池故渊转动方向盘，绕过他们开走。

车厢里一片寂静，池故渊时不时回头看小鱼，她的脸色苍白得可怕，泪水控制不住地往下流，眼神空洞而麻木。

池故渊心乱如麻。

"她本来就是奔着结婚去的，费少明明知道，却还欺骗和隐瞒……"小鱼喃喃自语，替祁朵朵觉得不值。

"费少那样的人就是衣冠禽兽，祁朵朵确实太傻了。"池故渊叹息。

车子终于开到纽约长岛的别墅，池故渊下车开门，小鱼从车里走出来，她还没缓过神来，双腿发软。池故渊打横将她抱起，锁了车，朝别墅二楼走去，将她放在床上。

"你好好睡一觉，什么都不要想，明天一切都会好起来的。"池故渊给小鱼盖好被子。

"不！"小鱼突然挣脱着坐起来，"我要去看朵朵，她一定还好好的！"

"从那么高的楼跳下去，她不可能没事！"

小鱼还是自欺欺人地嚷着要去见祁朵朵。

池故渊见她这样，直接拨通了员工的电话，得知祁朵朵送去的医院后又打电话过去问，然后转述给小鱼："在送上救护车前就已经断气了。"

"啊！"小鱼抱头哭泣，她怎么也不敢相信，一个月前天天来找她玩的祁朵朵就这样没了，"她只是物质了些，但她从来没有伤害过任何人，向往更好更璀璨的生活难道有错吗？"

"她只是错在对自己的定位认知不清晰，她能够考入那么好的学校，如果好好学习的话，毕业后一定能有所作为的，她错在选择了一条看似光鲜亮丽但其实暗藏凶险的捷径。"池故渊替小鱼擦去泪水，无比心疼，"好好睡一觉吧，我会陪着你的。"

池故渊躺到床上，抱着小鱼，手轻轻地拍着她的背。

小鱼哭得一抽一抽的，她哭了很久很久，哭到累了，才终于支撑不住地睡着了。

小鱼醒来时池故渊已经去上班了，倪姨在她身旁："池先生让我过来好好陪着你，你要是有什么需要的，尽管吩咐。"

小鱼靠在床头，嘴唇没有一丝血色，她问倪姨："人死后会去哪里？"

倪姨想了想答道："好人上天堂，坏人下地狱吧。"

小鱼沉默下来，当初爷爷走的那种疼痛感又弥漫开来，爷爷是因为生老病死，可是祁朵朵呢？她才二十出头，还是花样的年华，就这样失去了活着的资格。

公司里，池故渊见到了费少，他在董事会上汇报新一年的目标业绩，仿佛什么事情都没有发生过，他的工作和生活没有受到一丝影响，一切照常，甚至还有心情跟员工们开玩笑。员工们还记挂着祁朵朵的事情，对于他的笑话不知道该不该笑，只能挤出一个极为尴尬和难看的笑容。

亲爱的
岛屿

祁朵朵以为，她的死能够让这个人渣有愧疚之心，余生在忏悔中度过，可是她太高估自己的价值了，她就像一只被放飞的鸟儿，由着自生自灭，所以就算死了，也不会给费少的心带来一丝波澜。

池故渊晚上回到别墅，倪姨还在，他问小鱼在哪儿。

"她在房间里待着。"倪姨说道。

"晚饭还没有吃吗？"

"嗯，她今天只喝了一点粥，还吐了，胃口不太好。"

"粥还有吗？"

"在锅里。"

池故渊走到厨房，看了锅里的粥一眼，还剩很多。他重新加热，一边对倪姨说道："你最近就先在别墅住下吧，好好看着小鱼。"

"好。"倪姨点头。

池故渊端着热好的粥走上二楼，敲了敲小鱼的房门，又叫了几声她的名字，始终没有人回应。

"那我进去了？"池故渊推开门。

小鱼正躺在床上，背对着门，露台的落地窗没关，风呼呼地刮了进来，吹着轻纱做的窗帘翩飞。

池故渊来到小鱼身旁，开了床头灯，将粥摆放在床头柜上。

"睡了吗？"池故渊探头去看小鱼，发现她是睁着眼的，两眼无神地看着露台。

她不敢闭上眼，一旦闭上眼就会想起祁朵朵。祁朵朵说，她小时候穷怕了，所以长大一定要成为人上人，过最好的生活，可是她的梦想，来得太短暂了，如空中楼阁，顷刻间轰塌。

“吃点东西吧。”池故渊将小鱼扶起来，然后端起粥，舀了一勺放在嘴边吹一吹，再喂给小鱼。

　　小鱼没有张嘴。

　　“乖，吃一点。”池故渊耐心地哄道。

　　小鱼微微张开嘴，可是入口的粥怎么也无法下咽，好像喉咙直接堵住了，又流了出来。

　　池故渊连忙拿纸巾给她擦拭。

　　小鱼突然问：“我是不是有一天，也会像祁朵朵那样死掉？”

　　池故渊手一抖：“你胡说什么呢？”

　　“如果我死了，能不能把我送回远人岛，能不能让我落叶归根？我不要在这里孤零零地死去。”白天小鱼去过祁朵朵住的别墅，那里的保姆告诉她，祁朵朵已经送去火化了，她的家人没有美签来不了美国，无法领走尸体，而空运回国的成本又太高，索性直接放弃了。

　　“你不会死的，你还有我在身边。”池故渊心疼得无以复加。


　　往后的日子里小鱼病得越来越重，她常常卧床不起，常常在梦里一会儿呼唤爷爷，一会儿呼唤祁朵朵，她像从树上飘落的叶子，迅速地枯老下去。池故渊请了心理医生，可是小鱼拒绝见他们。

　　池故渊在公司也忙得焦头烂额，他因为得罪了莫家，莫文俊直接中断了与 FINA 的合作，甚至把一些大客户带走，池鑫劝池故渊去跟莫文俊求情。

　　这是个利益关系铸建起来的名利场，一旦没有了利益，便会成为仇人。

　　池故渊想要力挽狂澜，却发现自己心有余而力不足，他终究把自己想得太强大了。

　　池故渊只好去找莫妮卡，莫妮卡却不肯见他。她的诉求很简单，只要池故渊跟她结婚，她就让父亲恢复与 FINA 的合作。FINA 最初便是在莫文俊的提携下壮大起来的，失去了莫文俊这棵大树，也就失去了一大部分的公信力，客户们纷纷见风使舵。

　　万子霄和老瞿得知池故渊与莫妮卡的事情，都来劝池故渊：

　　"莫妮卡那么喜欢你，你就从了吧。"

　　"兄弟啊，男人要以大局为重，你跟莫家强强联合，才能天下无敌。"

　　所有人都觉得他跟莫妮卡结婚才是最理智和最适合的，他们口口声声说着爱情，却轻视爱情的存在，不会为了爱情轻易许诺婚姻，婚姻对于他们来说只是筹码，能够获得最大利益价值才会去选择。

　　池故渊开始厌倦这种自己曾经也推崇的思维，婚姻和爱情如果能够重合最好不过，可是如果二者不可兼得，他愿意选择爱情。

　　另一边，池故渊不停地在跟村长沟通灯塔拆迁的事情，眼看着拆迁的日期越来越近，他心急如焚，也终于到了要做选择的时候了。

　　这一天清晨，他五点钟醒来，来到卫生间洗漱，拿着电动刮胡刀将自己下巴上的胡子清理干净，他打了发蜡，从衣柜里挑了一套昂贵且裁剪做工一流的西服换上，从领带到手表到皮鞋，每一个小细节都搭配得很完美。

　　池故渊在出门前，先来到小鱼的房间，在她的额头上亲了亲，然后走下楼，开车往曼哈顿市中心的方向去了。

池故渊走后不久，莫妮卡突然登门拜访，倪姨来通知小鱼："莫小姐来了，你要不要见见她？"

　　"我谁都不想见。"小鱼头埋在被子里，继续睡觉。

　　"莫小姐说她想跟你说说祁朵朵的事情。"倪姨又说道。

　　小鱼听到"祁朵朵"的名字，立马从床上爬了起来，没有洗脸和刷牙，就这样穿着睡衣不修边幅地跑下楼去。

　　莫妮卡坐在客厅里，她穿着柠檬黄的灰色千鸟格纹套装，脸上的妆容很考究，与憔悴的小鱼形成鲜明的对比。

　　"你要跟我说朵朵的什么事情？"小鱼走到莫妮卡面前。

　　"我听倪姨说，朵朵走后，你很伤心？"莫妮卡笑了笑，她一直在关注小鱼的动态，时不时会跟倪姨打听小鱼的事情。池故渊身边的所有人，她都拉拢得很好，她是一个情商很高的女人，知道如何让一些人为她所用。

　　莫妮卡一脸云淡风轻，好像朵朵的死不过是一件稀松平常的事情，这让小鱼很愤怒："直接说正事。"

　　"如果我告诉你，朵朵是我派来接近你的，你会不会好受点？"莫妮卡将一支录音笔放到桌子上，打开，里面传来祁朵朵的声音，听上去像在汇报："今天小鱼告诉了我她的身世，她五岁那年父母在一场海难中丧生，一个人在海上漂了五年，后来遇到池故渊的爷爷，把她收养，照顾了十年，正是在爷爷的葬礼上，池先生和她相遇了……"

　　小鱼的脑袋顿时"轰"的一声炸开，仿佛一瞬间所有的认知都被摧毁了。

她原本以为的单纯无害的祁朵朵，原以为跟她玩得甚欢的祁朵朵，是真心喜欢她的，却不想原来是别有目的接近她，她却傻傻地活在这个谎言里，为对方的死难过不已。

小鱼突然笑了起来，她笑自己实在是太天真了。池故渊说得对，她不应该轻易相信任何人，在这个世界上，池故渊和费少这些人，比谁都了解游戏规则。

莫妮卡见自己的目的达到了，微笑着收起录音笔："你可能不知道吧？我跟祁朵朵是同一个学校，她还是我的小学妹呢。她在饭局上勾引池故渊不成，便胆大包天地来问我是不是池故渊的女朋友，后来她勾搭上了费少，但费少从不带她参加任何社交活动，她想努力融入上流社会的圈子，就利用你来巴结我。"

被背叛与欺瞒让小鱼难受得半天说不出话来，她张了张嘴巴，脑海里不断地闪现祁朵朵的那张脸。祁朵朵曾说小鱼是她来到美国交到的第一个真心朋友，祁朵朵还跟小鱼约定以后要去远人岛玩，看看她说的大海灯塔。

可是，祁朵朵到死之前都是怨恨她的吧？祁朵朵以为小鱼知道费少已经结婚的事情，她以为小鱼也在欺骗自己，将她当成马戏团里的猴儿一样耍得团团转，所以那天在酒店的露台上，她才会用那样幽怨和愤怒的眼神看小鱼。

"池故渊应该还没跟你说过吧？他已经决定跟我结婚了，但是，他也不会跟你分手。所以，我可以容忍你的存在，毕竟这天底下，有哪个男人不花心呢，与其他婚后在外面偷吃来历不明的女人，倒不如我们结成同盟，做亲姐妹也挺好。"莫妮卡脸不红心不跳地说，这段话她在镜子前反复练习了好久。

闻言，小鱼顿时觉得恶心，头发蒙发晕起来，胃里一阵阵翻滚。

莫妮卡通过祁朵朵已经大概了解了小鱼的性格，她在大学里主修的便是心理学，知道如何说服和操控他人。她知道像小鱼这样的人一定不会接受自己的提议，一定会像溃败的逃兵，灰溜溜地逃走。

小鱼不是个物质的女人，给再多的金钱对于她来说不起作用，只有从心理上去击败她。

"我是不介意跟你一起拥有池故渊的，只要你不介意就行。"莫妮卡的脸上挂着轻轻浅浅的笑意，她像上帝站在众生之上，看着渺小如蝼蚁的人绝望地挣扎。

"我介意！"爱情怎么能共享？小鱼认定的爱情，是一生一世的，是没有办法分享的，如果池故渊真的喜欢她，又怎么可能和莫妮卡一样拥有这样荒唐的想法。

"噢？你介意啊？可是，你要是不离开的话，我估计池故渊是不会放手的。"莫妮卡拿出手机，"我可以帮助你，给你订回国的票。"

小鱼最终还是一步步落入莫妮卡的陷阱之中，她点头说了"好"。

莫妮卡立马给她订了最近出发的航班，并亲自送小鱼到机场。

"你是个聪明人，懂得体面地离开。"小鱼快进安检口时，莫妮卡对她说道。

"你也很聪明，知道如何用谎言去打败别人。"小鱼平静地说道。

莫妮卡诧异起来。

"你说故渊哥哥要跟你结婚，这只是你的一面之词，我又怎么知道是不是真的。"其实小鱼什么都明白，从莫妮卡告诉她祁朵朵是背叛者之后，她就信了池故渊说过的话，不要相信任何人，那么莫妮卡的话自然也是不可信的。

"那你……"莫妮卡不解为什么小鱼明明知道是谎言，在别墅里却没有拆穿她，而是等到了机场才说，难道是想先给她一颗甜枣再狠狠地扇她一巴掌吗？莫妮卡顿时觉得自己被耍了。

"你放心吧，我会离开美国，我也会放手，但我这么做的原因并不是相信故渊哥哥不够爱我，也不是相信他愿意娶你，而是我觉得这样的结局对大家来说都好。我并不喜欢这里，这一次，是为了故渊哥哥，也是为了我自己。"小鱼不想像祁朵朵那样，失去自己存在的意义，即便有爱情，可是这份爱情无法支撑起她一辈子活在囚笼之中。

她太压抑，池故渊也会跟着不开心。

"我刚刚说你聪明是客套话，现在我不得不承认，你确实很聪明，这是我的真心话。"莫妮卡对小鱼刮目相看，她终于明白池故渊为什么喜欢小鱼了，小鱼真的与众不同，她从来就不是小鱼的对手，她本以为自己赢了，其实她输了，她在靠卑劣的手段强留这份爱情，她活得远不如她表面上看起来那般潇洒。

"祝你一路顺风。"莫妮卡抿嘴笑了笑，"可以跟你拥抱一下吗？"

"嗯。"小鱼点头，主动伸手拥抱了莫妮卡，然后转身朝安检口走去，片刻都没有犹豫。

公司里，池故渊在父亲面前递上辞呈："我给公司带来了巨大的损失，我不配继续留在这里，所以我选择离开。"商场上的尔虞我诈让他深深地厌倦了，他想要的事业，原来要靠跟一个女人联姻才能走得更好，可是得到这些巨大的财富又如何？他只会越来越忙，忙到没有时间陪伴小鱼。

他曾以为梦想就是事业，殊不知家庭也是梦想的另一方面，遥远的灯塔，也可以成为珍贵而朴实的梦想。如果梦想是违背心意，给自己带来无限痛苦，逼迫自己放弃热爱的东西，那这一定不是梦想，而是欲望。

他不想再被欲望牵着鼻子走了。

池鑫气愤不已："辞职后你想去哪里？你还有哪里可以去？"

"我想回远人岛，守护着灯塔。"池故渊信誓旦旦地说。他说这话的时候蓦地想起挂在卧室里的那面锦旗，在阳光灿烂的日子里，上面的字"伟大的灯塔守护者，池故渊"总是闪闪发着光，好似在风里无声地歌唱。

"你！那个叫小鱼的女人真是把你给毁了！为了一个女人你竟然变成这样！"

"不关小鱼的事。小鱼只是一个催化剂，是她让我明白了灯塔的意义，明白我们池家曾经世世代代执着的东西是什么，即便没有小鱼，我也会怀疑自己人生的意义。"小时候池故渊在课本上见过灯塔的样子，那时候他只觉得灯塔很让人印象深刻，仿佛一眼万年，不曾想自己原来早就跟灯塔有很深的渊源。

"那你走了就不要再回来了！"池鑫气得甩了他一巴掌。

"您当初离开远人岛的时候，应该也是这般毅然决然吧？父亲，人各有志，追求自己的梦想从来都没有错。"

池鑫听到池故渊的话，彻底醒悟。他知道池故渊不会再回来了，就像他三十多年前踏入红尘之中，再也没回去过。

"但，远人岛始终是欢迎您的，它是您的家，永远都在那里等着您，等着您回家。"池故渊微笑着说道。

池鑫心里一怔，他总是在某个不经意间，脑海里浮现远人岛的一切，那是生他养他的地方，他曾在那里度过了一个无忧无虑的童年，每一个岛民的笑容他都记忆犹新，可是这么多年来，他从未回去过，只因曾经跟自己的父亲争执时摔门而去留下的那一句狠话："我永远也不会回来的！"

他像个赌气的倔强孩子，誓要证明自己的选择没有错，当他跨越了一个又一个阶层，不停地往上爬，见识到大城市的繁华与金钱的无底洞时，他悔恨自己当初没有早点走出那座岛，他认为是封闭的岛和无知的岛民毁了他。

可即便再偏执，每一个背井离乡的人，骨子里都会有落叶归根的眷恋。

当他收到来自村长的第一封问候邮件时，他的内心无比激动，回乡的思绪蠢蠢欲动，可是他一直觉得父亲没有原谅自己，像父亲那般严格的人，他如果胆敢回到岛上，父亲一定会将他捆到灯塔上大骂他这个不孝子，他接受不了那样的羞辱。

在这样矛盾的心情下，他将思乡的念头寄托在了池故渊身上，他用了父亲取给孙子的名字——故渊。

池鱼思故渊，算是一种慰藉吧。

池鑫想到这里，痛苦地闭上眼睛，内心纠结。

池故渊在公司办理好交接工作。Adele 听闻他突然要离开十分惊讶，送他到电梯里。Adele 对 FINA 一直很忠诚，曾经有不少公司花高价要挖走她，都被她拒绝了。

"以后美国这边就靠你和父亲了。"池故渊笑了笑。

"那你接下来打算怎么办？"Adele 用流利的中文问。

"转行，去做守塔人。"池故渊抿嘴一笑，觉得无比的轻松，他原来以为放弃很难，没想到是这般如释重负，"也许我还会回来，但谁知道呢？眼下我只想守着喜欢的东西和喜欢的人。"

池故渊笑着拍了拍 Adele 的胳膊："你跟我父亲都还很年轻，完全可以生一个。"

Adele 脸红起来："说什么呢？"

"放心吧，我都懂，也很支持你们。"池故渊说罢，潇洒地走出电梯。

今晚纽约的夜色似乎格外美，池故渊在车里播放着轻音乐，心情大好地朝别墅开去，他迫不及待地想要将这个好消息告诉小鱼。

可是等池故渊回到别墅里，别墅却只有倪姨一个人，她说道："中午的时候莫小姐来了，她想跟小鱼聊一会儿，将我打发走，所以我也不知道她们聊了什么，后来小鱼就跟莫小姐走了，我以为她们只是离开一下，没想到现在还没回来。"

"那你为什么不通知我？"池故渊原本美好的心情一下子被打破。

"我……我想着那毕竟是莫小姐，她是个好人，应该不会对小鱼做什么……"倪姨这才意识到事情的不对劲，手足无措起来。

池故渊连忙给小鱼打电话，但小鱼并没有将手机带走，他又给莫妮卡打电话，可电话那边始终显示关机，紧接着他打给老瞿和万子霄，问他们知不知道莫妮卡在哪里，两人正在游艇上开狂欢Party，今天压根儿没见过莫妮卡。

池故渊只好打给莫妮卡的父亲莫文俊，莫家夫妇现在在洛杉矶，不在纽约，他们以为池故渊终于知道错了，让他去莫家别墅找莫妮卡试试。

于是，池故渊又从纽约长岛开回市中心，来到莫家别墅，是保姆来开的门。

"莫妮卡呢？"池故渊问。

"小姐已经睡下了，我去叫她。"保姆正要往楼上走。

"我自己来。"池故渊直接擦过保姆身边，快速地往楼上走去，"砰砰砰"地敲着莫妮卡房间的门。

莫妮卡早已准备好迎接狂风暴雨，她穿着性感的吊带睡裙来开门，脸上化着精致的妆容。

"小鱼呢？"池故渊完全没关注莫妮卡的精致妆容，他探头往里看。

"这样随便看女生的房间可是不礼貌的。"莫妮卡笑道。

她这个时候竟然还有心情开玩笑？池故渊气得去捏莫妮卡的脖

子，手上青筋暴凸："你要是敢把小鱼怎么样，我杀了你！"

直到莫妮卡的一张脸变得扭曲和发青，他才松开手，甩开她。

莫妮卡后退了几步，捂着脖子疯狂咳嗽："小鱼没跟你说吗，她打算放手成全我们了。"

"小鱼不可能放手的！"

"为什么不可能？你跟她本来就不是一个世界的人，你难道要让她落得朵朵那个下场吗？你可能不知道吧，朵朵现在成了圈子里的笑话，大家吃着人血馒头，一边同情她一边对她的上位史扒得津津有味。"莫妮卡笑起来，笑得如同童话里的老巫婆，有些恐怖。

"别拿祁朵朵跟小鱼做比较，她们不是同一类人，小鱼也不可能成为下一个祁朵朵！"池故渊朝莫妮卡步步逼近，"小鱼到底在哪里？你把她藏到哪里去了？"

"她那么大个人，我藏她不是犯法吗？我都说了她打算放手了，自己离开了呗。"

"她回远人岛了？"池故渊反应过来。

莫妮卡没有否认。

池故渊转身，正要离开莫家。

莫妮卡叫住他："池故渊，你可想清楚了，你今天若是就这样走了，以后莫家跟你们池家，可就是仇人了。"

"你威胁不到我的。"池故渊歪嘴一笑，"我已经辞职了。"

"怎么可能？"莫妮卡惊讶，"这里的一切你都不要了？"

"你们莫家不是想针对我吗，现在没法针对了。公司还有股东和董事们在，不可能轻易被击垮的，现在只是暂时的寒冬期，我相信他们的能力，而且再不济，我们在亚太还有自己的商业帝国。"
池故渊分析得很透彻，主动退出，在旁人看来或许很傻，但是对于
公司来说，确实是除了他与莫妮卡结婚之外的最明智之举。

"我现在，只想跟小鱼回家。"池故渊撂下这句话，便头也不
回地下了楼梯。

莫妮卡瘫软地坐在地上，傻笑起来。她终于还是输了，输得很
彻底，她跟池故渊相识二十多年，还是低估了他对爱情的执着。

出了莫家别墅后，池故渊动用了些关系查小鱼的航班号，查到
她是当天中午一点的飞机，到达上海要第二天晚上北京时间的七点
半。

池故渊打电话给汤娅茹，汤娅茹并不知道小鱼要回来的消息，
池故渊告诉汤娅茹小鱼的航班号，请她到时候到机场接小鱼。

池故渊当天晚上就从纽约起飞，他回到别墅带走小鱼给他的海
螺和珍珠，以及岛民们送给他的那面锦旗。他走得匆忙，来不及带
任何行李，就这样上了飞机，好像铁了心将纽约的一切都抛弃似的。

好在他坐的那个航班有 Wi-Fi 服务，能够跟汤娅茹进行联络，
飞机正在高空飞行时，他收到汤娅茹的短信，她在机场接到小鱼了。

池故渊没有告诉汤娅茹自己也要回来的消息，他想给小鱼一个
惊喜，看到汤娅茹发来的接到小鱼的照片，他安心了下来。

汤娅茹把小鱼先接回自己的家里，第二天再送她回远人岛。

汤娅茹奇怪小鱼为什么要回来："美国多好啊，我一直想去美
国呢，无奈老是被拒签。"

"你想去美国，就跟我想回远人岛的心是一样的。"小鱼说。

　　"那你跟池大哥呢？你回来了他怎么办？"

　　"我们应该算是分手了吧。"小鱼叹了口气，未来池故渊应该会跟莫妮卡结婚，两人过着上流社会衣着光鲜的生活，跟远人岛是完全不同的世界。

　　她再也没有了当初想要强求池故渊留在远人岛的心，她觉得自己好像释然了，美国的一切只让她压抑得喘不过气来，放手对于她和池故渊来说，或许都是最好的选择。

　　池故渊也努力过了，他们之间也美好过了，这便足够了。


　　池故渊在凌晨四点钟抵达上海，他直接去了那座离远人岛最近的港口小城市，跟船长事先商量好不要让小鱼知道他也会乘这艘船回去。

　　汤娅茹将小鱼送到港口，离别时她跟小鱼抱了抱："我会经常回远人岛看你的，你要是想来上海的话，随时来找我。"

　　汤娅茹算是在上海长住下了，上海这座大都市的精致感与体面感，正是她想要的，她和那些沪漂一样，在上海这座繁华都市的底端浮浮沉沉，寻找着可以往上爬的机会，只要一直在，就会有希望。

　　一旦离开，就真的什么都没有了。

　　船慢慢开动了，船长驾驶着船朝远人岛开去，池故渊躲在船长室里，时不时透过玻璃窗看客舱里的小鱼。小鱼坐在靠窗的位置，目不转睛地望着窗外。

　　池故渊痴痴地看着。

船离远人岛越来越近了，岛的轮廓渐渐显现出来，高高耸立的灯塔犹如一个等待儿女回家的老者，静静地矗立在那里，翘首以盼，望向远方，指引着每个回家的人。

池故渊等小鱼下了船，背影渐渐消失在岸边时，才登上远人岛。

他第一时间来到村长家，去找他谈灯塔拆迁的事情。

村长正在跟牛大爷唠嗑，看到池故渊来故作惊讶："你怎么回来了？"

"我是来继承灯塔的，拆迁协议作废吧。"池故渊认真地说道。

"你可想好了，要是继承灯塔的话，就得守着他过一辈子，风雨无阻。"村长说道。

"我愿意，我想当一名合格的守塔人。"池故渊从身后拿出那面锦旗，"我不会辜负大家的期望。"

村长大笑起来："好，那就这么定了。"

"拆迁的事情呢？"池故渊一头雾水。

"哪有什么拆灯塔，这都是我们大伙儿想出来的谎言，不逼你一把，你怎么可能狠下心来做决定。"牛大爷笑道。他们虽然不是商人，但也懂得如何调教年轻人。

"你们！"池故渊有些发火。

"怎么，刚说完要继承灯塔，现在就后悔了？"村长挑眉一笑。

"当然……不后悔！"池故渊虽然生气，可也感谢他们，如果不是闹了拆迁这么一出，他可能不会知道自己对灯塔原来早已种下了这么深厚的感情。

"那天快黑了，快去守灯塔吧，别让我用广播催你。"村长笑着摸了摸自己花白的胡子。

"知道了。"池故渊走出村长家，朝灯塔一步步走去。这一刻他觉得无比神圣和庄重，灯塔虽然还没有亮起灯，却好像已经在他的心里铺开了一条狭长而明亮的路，指引着他回家。

小鱼回到爷爷家，只觉得一切物是人非，她将屋子前前后后打扫了一遍，最后蜷缩在角落里，看着池故渊送她的蓝宝石项链痛哭起来，即便可以潇洒地说放手，可是心还是会很痛。

但是，她不后悔。

疼痛是暂时的，她相信时间会治愈这一切，只要想着，她其实不曾失去过池故渊，只有死亡才是真正的终点，她爱着他，只是以另一种方式爱着，就像平行时空，隔着茫茫的太平洋，但心是连在一起的。

小鱼洗完澡后戴上项链，往灯塔的方向出发。她打算告诉阿运，从今天开始，灯塔由她来守了，她会代替池故渊，一直守着这个灯塔。

小鱼出门的时候正好遇到陶林。

陶林看到小鱼很惊喜，但又以为她是跟池故渊一起回来的，看了看屋子里："池大哥呢？"

"我是一个人回来的。"

"啊？"陶林脸上写满诧异。

"我跟他分手了。"小鱼说道。

"那……"陶林以为自己有机会了，欣喜不已。

"陶大哥，即便我跟故渊哥哥分手了，但我的心里会一直有他，所以我们是不可能的。"小鱼没有办法做到在错过池故渊后将就地跟另一个人度过余生,她已经做好了孤独终老的准备。

"没关系,我会等。"

"你别等了。"小鱼淡淡地说道。

"你是要去灯塔吗,我陪你去。"陶林尾随在小鱼身后。

小鱼看了他一眼,语气坚定:"我想一个人好好静静。"

"噢。"陶林停下脚步。

小鱼走到灯塔前,伸手摸了摸它。她十岁那年第一次来到灯塔面前时,也是像这样伸手摸它,她对于灯塔的高大感到不可思议,如今她长大了,在灯塔面前依然很渺小。

"我再也不会离开了。"小鱼抱了抱灯塔,抱歉地说道。

她抬头望去,灯塔亮着光,照向大海。

小鱼爬上灯塔的铁楼梯,推开门,灯塔的窗前站立着一个高大的身影。小鱼以为是阿运,可是又不像,她定睛看了看,这个背影十分熟悉,可是她不确定,以为自己在做梦。

那身影慢慢地转过身来,熟悉且俊朗的脸在灯光的照耀下显得很立体。池故渊笑着看向小鱼,语气温柔:"小鱼,我回来了。"

"这、这怎么可能?"小鱼疑惑地揉了揉眼睛,以为自己在做梦。

"这就是真的,我回家了,说好了的,我守护灯塔,你守护我。"池故渊缓慢地走过来,轻轻地抱住小鱼。

远人岛虽然很小,可是有很多事情值得他们去做,他们要一起守着灯塔到老,要跟岛民们热热闹闹地过每一天,要去海上捕鱼,要和小海玩耍嬉戏，要潜到深海去看永生不灭的灯塔水母。

那曾在池故渊心底呼唤和回荡千百次的声音，原来正是：回家，回家吧。

回到最初的美好。

本书由鹿呦呦委托长沙大鱼文化传媒有限公司正式授权花山文艺出版社，在中国大陆地区独家出版中文简体版本。未经书面同意，本书的任何部分不得以图表、电子、影印、缩拍、录音和其他手段进行复制和转载，违者必究。